ARKANA

Buch

Hier sind Geschichten ohne erhobenen Zeigefinger, keine weisen Ratschläge, was Jugendliche tun und lassen sollten. Stattdessen frische heitere und ernste Geschichten, mitten aus dem Leben der jungen Leute gesammelt. Sie handeln von Freundschaft, Liebe, Familie, Lernen und den großen und kleinen Dingen, die Jugendlichen wichtig sind.

Es ist kein Buch, das von vorn bis hinten durchgelesen werden will und dann weggelegt wird. Es will da sein, wenn es gebraucht wird, mal hier und mal dort aufgeschlagen werden und je nach Stimmung Rat geben, trösten, anspornen oder Mut machen. Es ist ein Freund und Vertrauter, der Jugendliche in ihren intensiven Erfahrungen begleiten und spiegeln kann. Es vermittelt ein lebendiges Gefühl dafür, dass jeder Mensch wertvoll und wichtig ist und seine Einmaligkeit in diese Welt einbringen und seine Träume verwirklichen soll.

Autoren

Jack Canfield ist Präsident der bekannten Foundation for Self Esteem im kalifornischen Culver City und veranstaltet Seminare zu persönlichem Wachstum.

Mark Victor Hansen ist Karriereberater. Seine Seminare und Vorträge befähigen die Zuhörer, ihre angeborenen Fähigkeiten im Berufs- und Privatleben optimal einzusetzen.

Kimberly Kirberger ist die Chefredakteurin für die amerikanischen Ausgaben der »Hühnersuppe für die Seele« und eine international bekannte Schmuckdesignerin.

Bei Goldmann sind von Jack Canfield und Mark Victor Hansen bereits erschienen:

Hühnersuppe für die Seele (13209)
Mehr Hühnersuppe für die Seele (21588)
Noch mehr Hühnersuppe für die Seele (13239)
Hühnersuppe für die Seele – Für Frauen (21546)
Hühnersuppe für die Seele – Für Mütter (21564)
Hühnersuppe für die Seele – Für Tierfreunde (21563)
Hühnersuppe für die Seele – Für Partner (21565)
Hühnersuppe für die Seele – Für Kinder (21589)

JACK CANFIELD
MARK VICTOR HANSEN
KIMBERLY KIRBERGER

Mehr Hühnersuppe für die Seele

FÜR JUGENDLICHE

Aus dem Amerikanischen
von Burkhard Hickisch

ARKANA
GOLDMANN

Die amerikanische Originalausgabe erschien 1997 unter dem Titel
»Chicken Soup for the Teenage Soul« bei Health Communications Inc.,
Deerfield Beach, Florida, USA.

Umwelthinweis:
Alle bedruckten Materialien dieses Taschenbuches
sind chlorfrei und umweltschonend.
Das Papier enthält Recycling-Anteile.

Deutsche Erstausgabe September 2001

Published by arrangement with Health Communications Inc.,
Deerfield Beach, Florida, USA
Umschlaggestaltung: Design Team München
Umschlagabbildung: Zefa/Monty Gomery
Satz: Uhl + Massopust, Aalen
Druck: Elsnerdruck, Berlin
Verlagsnummer: 21590
Redaktion: Birgit Förster
WL · Herstellung: WM
Made in Germany
ISBN 3-442-21590-0
www.goldmann-verlag.de

1. Auflage

Widmung

Wir widmen dieses Buch allen Jugendlichen, die unsere Freunde geworden sind und uns durch ihre Freundschaft gezeigt haben, dass jeder dem anderen etwas Wichtiges mitzuteilen hat.

Außerdem widmen wir dieses Buch John und Jesse, den beiden Ewigjugendlichen, die Kim Zeit und Raum gegeben haben, damit sie zwei Jahre lang an diesem Buch arbeiten konnte.

Wir widmen es Lia, die uns auf die Idee zu diesem Buch brachte, und Oran und Kyle, die ihrem Vater während ihrer Teenagerzeit einiges beigebracht haben, sowie unseren jüngeren Kindern Christopher, Elisabeth und Melanie, die bald in ihre Teenagerjahre kommen und die wir alle sehr lieben.

Inhalt

1. ÜBER BEZIEHUNGEN

2. ÜBER DIE FREUNDSCHAFT

3. ÜBER DIE FAMILIE

4. ÜBER LIEBE UND FREUNDLICHKEIT

5. GEMEINSAM LERNEN

6. GESCHICHTEN ÜBER LEBEN UND TOD

7. WIRKLICH ETWAS VERÄNDERN

8. UNBEIRRT DIE EIGENEN ZIELE VERFOLGEN

»Brian versprach, mich ewig zu lieben. Dann erzählte er mir eine Episode aus Star Trek, wo sie wissenschaftlich nachgewiesen haben, dass die Ewigkeit unter bestimmten Bedingungen nur wenige Tage dauert.«

1

Über Beziehungen

Beziehungen – egal welcher Art – sind wie Sand auf deiner Hand. Wenn du den Sand einfach in der offenen Hand hältst, bleibt er dort, wo er ist. Wenn du aber die Hand schließt und die Finger fest zusammendrückst, um den Sand zu umfassen, rieselt er durch deine Finger. Ein Teil des Sandes bleibt zwar in deiner Hand, aber der Großteil geht verloren. Eine Beziehung funktioniert genauso. Lose gehalten, mit gegenseitigem Respekt und gegenseitiger Freiheit, bleibt sie intakt. Wenn du aber zu stark, zu besitzergreifend an ihr festhältst, entgleitet sie dir und geht verloren.

Kaleel Jamison, The Nibble Theory

»So ist es im neuen Jahrtausend. Du kannst deinen Freund nicht mehr einfach wegwerfen. Du musst ihn recyceln.«

Nach und nach

Nach und nach lernst du den feinen Unterschied zwischen dem Halten einer Hand und dem Anketten einer Seele. Du lernst, dass Liebe nichts mit Festklammern zu tun hat und dass die Anwesenheit eines anderen keine Sicherheit bietet. Du fängst an zu begreifen, dass Küsse keine Verträge sind und Geschenke keine Versprechen.

Du beginnst, deine Niederlagen aufrecht hinzunehmen, mit der Würde eines Erwachsenen, nicht mit dem Gejammere eines Kindes.

Und du lernst, deine Pläne heute in die Tat umzusetzen, statt auf eine unsichere Zukunft zu warten. Nach und nach begreifst du, dass selbst die Sonne schmerzt, wenn du dich ihren Strahlen zu sehr aussetzt. Bestelle also deinen Garten und schmücke deine Seele, statt darauf zu warten, dass jemand kommt und dir Blumen bringt.

Mit der Zeit lernst du, dass du wirklich etwas aushalten kannst, dass du wirklich stark und wertvoll bist. Und du lernst und lernst – aus jedem Abschied.

Veronica A. Shoffstall (geschrieben im Alter von 19 Jahren)

Seelengefährten

Ich habe meiner Tochter Lauren oft erzählt, wie ich ihren Vater kennen gelernt habe und wie es in der Anfangszeit unserer Liebe war. Sie ist inzwischen 16 Jahre alt und quält sich mit der Vorstellung, dass ihr Seelenpartner in der Klasse neben ihr sitzen könnte und sich vielleicht sogar mit ihr verabreden will, sie aber noch nicht bereit ist, sich so auf jemanden einzulassen, wie es ihre Eltern vor Jahren getan haben.

Ich begegnete Mike zum ersten Mal am 8. Oktober 1964. Wir waren beide auf einer Party unserer Freundin Andrea, und unsere schüchternen Blicke trafen sich quer über die Veranda. Wir lächelten uns zu und unterhielten uns schließlich den ganzen Abend lang, ohne die anderen noch zu bemerken. Ich war 11 und Mike war 12. Drei Tage später gingen wir miteinander, aber nach einem ziemlich stürmischen Monat war alles zu Ende.

Monate später lud mich Mike zu seinem Bar-Mitzwa* ein und forderte mich sogar zum Tanzen auf. (Jahre später gestand er mir, dass er mich trotz meiner Zahnspange, meiner dürren Beine und meines struppigen Haars schön fand.)

Mike und ich hatten denselben Freundeskreis und waren in der Schule in derselben Clique, sodass sich unsere Wege in den folgenden Jahren ständig kreuzten. Jedes Mal, wenn ich mit einem Jungen Schluss machte oder Liebeskummer hatte, sagte meine Mutter: »Mach dir keine Sorgen, du endest sowieso eines Tages in den Armen von Mike Leb.« Ich schrie jedes Mal entsetzt auf: »Niemals! Warum denkst du, sollte ich das tun?« Sie erinnerte mich dann daran, wie oft ich seinen Namen in Gesprächen erwähnte und was für ein netter Kerl er sei.

Schließlich ging ich zur High-School und war von neuen süßen Jungs umringt. Ich war bereit. Was kümmerte es mich schon, wenn Mike anfing, mit meiner besten Freundin auszugehen? Dennoch wunderte ich mich, dass mich das alles langsam verrückt machte. Warum redeten wir immer so viel

* Jüdisches Fest der Religionsmündigkeit. Die Jungen feiern ihr Bar-Mitzwa mit 13, die Mädchen mit 12 Jahren. *(Anmerkung des Übersetzers)*

miteinander, während wir gemeinsam auf den Bus warteten? Ich werde niemals die blauen Marinelatschen vergessen, die er immer trug. Niemand sonst, den ich kannte, hatte so große Füße. Die Worte meiner Mutter kamen mir oft in den Sinn, aber noch wollte ich nicht auf sie hören.

Im dem Sommer nach dem zehnten Schuljahr verbrachten Mike und ich viel Zeit miteinander – zusammen mit seiner Freundin, die auch meine beste Freundin war, und anderen. In jenem Sommer ging Mike nach Mexiko, um Spanisch zu lernen. Mir fiel auf, dass ich ihn wirklich vermisste. Als er im August zurückkehrte, rief er an und besuchte mich. Er war braun gebrannt und wirkte sehr selbstbewusst. Zwar konnte er immer noch kein einziges Wort Spanisch, aber er sah einfach unwiderstehlich aus. Es war der 19. August 1969, als wir uns draußen in die Augen schauten und uns klar wurde, dass wir zusammengehörten. Leider mussten wir noch warten, denn an diesem Abend hatte ich eine Verabredung mit einem anderen Jungen. Ich erzählte ihm, dass ich früh zu Hause sein musste, um mich noch mit Mike treffen zu können. Mike sprach währenddessen mit seiner Freundin. Ihre Beziehung war ein ständiges Hin und Her gewesen, mal waren sie zusammen und dann wieder nicht. Jetzt erzählte er ihr, dass nun wirklich Schluss sei.

Wir hielten unsere Neuigkeiten so gut es ging geheim, bis wir sie allen auf der nächsten Party stolz präsentierten. Wir kamen extra ein wenig zu spät und platzten dann mit der Mitteilung heraus, dass wir nun offiziell ein Paar seien. Niemanden schien das zu überraschen, denn alle sagten nur: »Na endlich!«

Nach dem High-School-Abschluss ging ich zum College. Es dauerte zehn Wochen, bis ich auf ein College wechseln konnte, wo ich näher bei Mike war. Am 18. Juni 1972 wurden wir getraut. Ich war 19 und Mike war 20. Wir schufen uns unser Liebesnest in einem Wohnheim für verheiratete Studenten und machten beide unseren College-Abschluss. Ich wurde Sonderschullehrerin, und Mike machte eine medizinische Ausbildung.

Heute – 25 Jahre später – muss ich schmunzeln, wenn ich meine Tochter Lauren und meinen Sohn Alex anschaue. Durch den Werdegang ihrer Eltern betrachten sie High-School-Beziehungen ein wenig anders, und sie müssen niemals befürchten, dass ihre Eltern sagen: »Nimms nicht so schwer, es ist doch nur eine Jugendliebe.«

Fran Leb

Die »geplatzte« Verabredung

Wenn du liebst, hast du nichts zu verlieren. Du verlierst nur, wenn du dich zurückhältst.

Barbara De Angelis

Ich werde nie den Tag vergessen, an dem ich zum ersten Mal »meine Traumfrau« sah. Sie hieß Susie Summers (Name geändert, um dieses wunderbare Wesen nicht zu verraten). Ihr strahlendes Lächeln ging unter die Haut und gab den Menschen, die es empfingen (besonders wenn sie männlichen Geschlechts waren), ein ganz besonderes Gefühl.

Obwohl auch ihre körperliche Anmut erstaunlich war, ist es doch ihre unsichtbare Schönheit, an die ich mich immer erinnere. Ihre Mitmenschen lagen ihr wirklich am Herzen und sie war eine sehr aufmerksame Zuhörerin. Ihr Humor konnte dir den gesamten Tag retten, und ihre wohl bedachten Worte waren genau das, was deine Seele brauchte. Sie wurde sowohl von Frauen als auch von Männern nicht nur bewundert, sondern auch wirklich respektiert. Obgleich sie also allen Grund hatte, eingebildet zu sein, war sie extrem bescheiden.

Ich glaube, ich brauchte nicht zu erwähnen, dass sie der Traum eines jeden Jungen war. Ich begleitete sie jeden Tag auf dem Schulweg und einmal aß ich sogar ganz allein mit ihr zu Mittag. Ich fühlte mich wie ein König.

Ich dachte die ganze Zeit über: »Wenn ich so eine Freundin wie Susie Summers hätte, würde ich kein anderes Mädchen mehr angucken.« Aber ich glaubte, dass solch ein außergewöhnliches Mädchen sich wohl mit Jungen verabredete, an die ich einfach nicht heranreichte. Obwohl ich Schulsprecher war, wusste ich, dass ich nicht den Hauch einer Chance hatte.

Zum Schulabschluss sagte ich also meiner ersten großen Liebe Lebewohl.

Ein Jahr später traf ich ihre beste Freundin in einem Einkaufszentrum und wir gingen zusammen essen. Mit einem Kloß im Hals fragte ich sie nach Susie.

»Nun, sie ist über dich hinweg«, war die Antwort.

»Wovon sprichst du?«, fragte ich.

»Es ist wirklich nicht in Ordnung, wie du sie an der Nase herumgeführt hast. Du bist immer mit ihr zusammen zur Schule gegangen und hast so den Anschein erweckt, an ihr interessiert zu sein. Erinnerst du dich noch an euer gemeinsames Mittagessen? Anschließend blieb sie das ganze Wochenende über in der Nähe des Telefons. Sie war sich sicher, du würdest sie anrufen und fragen, ob ihr euch nicht treffen wollt.«

Ich hatte so viel Angst vor Zurückweisung, dass ich ihr niemals meine Gefühle zu erkennen gegeben habe. Angenommen, ich hätte sie gefragt und sie hätte Nein gesagt? Was wäre schlimmstenfalls passiert? Ich hätte keine Verabredung mit ihr gehabt. Na und? ICH HATTE AUCH SO KEINE VER-

ABREDUNG MIT IHR! Das Dumme ist nur, dass ich eine hätte haben können.

Jack Schlatter

Mein erster Kuss

Als Jugendliche war ich sehr schüchtern, und mein erster Freund auch. Wir lebten in einer Kleinstadt und waren im zweiten Jahr* auf der High-School. Wir gingen schon über sechs Monate miteinander, und unsere Hände waren oft feucht vom Händchenhalten. Wenn wir ins Kino gingen, schauten wir uns die Filme auch tatsächlich an. Wir redeten über Gott und die Welt und standen oft kurz davor, uns zu küssen. Aber niemand traute sich, den ersten Schritt zu tun, obwohl wir beide voneinander wussten, dass wir uns nichts sehnlicher wünschten, als geküsst zu werden.

Irgendwann – wir saßen gerade auf dem Wohnzimmersofa – fasste mein Freund den Entschluss, es nun endlich zu tun. Wir redeten gerade über das Wetter (wirklich!), als er sich nach vorn beugte. Ich hielt mir ein Kissen vors Gesicht, um ihn abzuwehren – woraufhin er das Kissen küsste!

Ich wünschte mir sooooo sehr einen Kuss, hatte aber zu viel Angst, ihn zu nahe kommen zu lassen. Also rutschte ich auf dem Sofa von ihm weg. Er rutschte hinterher. Wir redeten über einen Film (wen interessierte das?) und er beugte sich wieder zu mir hinüber. Erneut blockte ich ab.

Ich rutschte bis zum Ende des Sofas. Er folgte mir, und wir

*Die amerikanische High-School umfasst die Klassen 9 bis 12. Die neunte Klasse heißt »Freshman«, die zehnte »Sophomore«, die elfte »Junior« und die zwölfte »Senior«. Im zweiten Jahr auf der High-School zu sein bedeutet also, in der zehnten Klasse oder im Sophomore-Jahr zu sein. *(Anmerkung des Übersetzers)*

VERABREDUNG
POPCORN

redeten weiter. Er beugte sich vor … und ich sprang auf! (Es fühlte sich an, als hätte ich einen Krampf in den Beinen.) Ich ging zur Wohnzimmertür, lehnte mich dort mit verschränkten Armen gegen die Wand und fragte ungeduldig: »Küsst du mich jetzt oder nicht?«

»Ja«, sagte er. Aufrecht stehend, meine Augen fest geschlossen, spitzte ich die Lippen und hielt mein Gesicht nach oben. Ich wartete … und wartete. (Warum küsste er mich nicht?) Als ich die Augen öffnete, war sein Gesicht direkt vor mir. Ich lächelte.

ER KÜSSTE MEINE ZÄHNE!

Ich hätte sterben können.

Im Nu war er verschwunden.

Ich machte mir Sorgen, ob er irgendjemand von meinem ungeschickten Verhalten erzählen würde. Da ich so extrem unter meiner Schüchternheit litt, versteckte ich mich quasi für die nächsten zwei Jahre und verabredete mich während der gesamten High-School-Zeit nie wieder mit einem Jungen. Wenn ich ihn oder einen anderen großen Jungen in der Schule im Flur zu treffen drohte, huschte ich schnell in den nächsten Klassenraum und wartete, bis er vorüber war. Und das, obwohl ich all diese Jungen schon seit dem Kindergarten kannte.

Als ich dann aufs College wechselte, beschloss ich, nicht länger schüchtern zu sein. Ich wollte lernen, wie man mit Vertrauen und Würde küsst. Und ich lernte es wirklich.

Im Frühjahr kam ich nach Hause zurück. Ich ging schnurstracks in die beliebteste Kneipe – und wen sah ich wohl an der Bar sitzen? Meinen alten Kusspartner! Ich ging zu ihm hin und tippte ihm auf die Schulter. Ohne zu zögern, nahm ich ihn von hinten in die Arme, zog ihn über seinen Stuhl und gab ihm einen dicken Kuss. Danach schaute ich ihn siegesgewiss an und sagte: »So, nun ist es endlich vollbracht!«

Er jedoch zeigte nur auf die Dame neben sich und meinte: »Mary Jane, darf ich dir meine Frau vorstellen?«

Mary Jane West-Delgado

Veränderungen im Leben

Als ich 16 und in der Junior-Klasse der High-School war, geschah das Schlimmste, das mir passieren konnte: Meine Eltern zogen von Texas, wo wir bislang wohnten, nach Arizona. Mir blieben nur zwei Wochen Zeit, um all meine »Geschäfte« zu erledigen und vor Schulbeginn umzuziehen. Ich musste meinen ersten Job, meinen Freund und meine beste Freundin zurücklassen und versuchen, ein neues Leben zu beginnen. Ich verachtete meine Eltern dafür, dass sie mein Leben zerstörten.

Ich erzählte allen, dass ich nicht vorhatte, in Arizona zu bleiben, sondern die erste Chance nutzen würde, um nach Texas zurückzukehren. Als ich in Arizona ankam, ließ ich dort alle wissen, dass ich einen Freund und eine Freundin hatte, die in Texas auf meine Rückkehr warteten. Ich war fest entschlossen, mich von allem fern zu halten, denn ich würde ja sowieso nicht lange bleiben.

Der erste Schultag kam, und ich fühlte mich elend. Ich konnte nur an meine Freunde in Texas denken und wünschte mir inständig, bei ihnen zu sein. Zuerst glaubte ich wirklich, dass mein Leben vorbei sei. Erst im Laufe der Zeit kam ich mit der Situation ein wenig besser zurecht.

Im Unterricht sah ich ihn zum ersten Mal. Er war groß, kräftig gebaut und sah sehr gut aus. Er hatte die schönsten blauen Augen, die ich jemals gesehen hatte, und saß wie ich in der ersten Reihe, nur drei Stühle von mir entfernt. Da ich das Gefühl hatte, nichts zu verlieren, begann ich mit ihm ein Gespräch.

LUANN By Greg Evans

»Hallo, ich heiße Sheila, und wie heißt du?«, fragte ich ihn in meinem texanischen Akzent.

Der Junge neben ihm dachte, ich würde *ihn* fragen, und antwortete: »Mike.«

»Oh hallo, Mike«, entgegnete ich scherzhaft und fragte erneut: »Wie heißt du?« – wobei ich meine Aufmerksamkeit diesmal voll auf den blauäugigen Jungen richtete. Er schaute sich um, so als könne er nicht glauben, dass ich seinen Namen wissen wollte. »Chris«, antwortete er ruhig.

»Hallo, Chris!«, sagte ich und lächelte ihn an. Danach vertiefte ich mich gleich wieder in meine Arbeit.

Chris und ich wurden Freunde. Wir liebten es, uns im Klassenzimmer miteinander zu unterhalten. Chris war Sportler, und ich spielte im Schulorchester. Der Gruppenzwang war in der High-School so groß, dass sich die beiden Gruppen nicht vermischen durften. Und so kreuzten sich unsere Wege nur gelegentlich, wenn wir im Schulalltag miteinander zu tun hatten. Überwiegend aber spielte sich unsere Freundschaft in den vier Wänden des Klassenraums ab.

Chris machte in jenem Jahr seinen Abschluss, und eine Zeit lang gingen wir beide unsere eigenen Wege. Eines Tages besuchte er mich in dem Laden, in dem ich ab und zu arbeitete. Ich war überglücklich, ihn zu sehen. Er verbrachte nun oft meine Arbeitspausen mit mir. Der Druck von Seiten seiner Sportlerfreunde ließ nach, und wir wurden enge Freunde. Meine Verbindung mit Chris wurde immer stärker, und so verlor die Beziehung zu meinem Freund in Texas immer mehr an Bedeutung.

Es war inzwischen ein Jahr her, dass ich Texas verlassen hatte, und Arizona fing an, sich wie mein Zuhause anzufühlen. Chris begleitete mich zum Schülerball. Wir hatten uns mit zwei weiteren Paaren von seinen Sportlerfreunden verabredet. Dieses Fest veränderte unsere Beziehung für immer.

Da seine Freunde mich akzeptierten, fühlte sich Chris deutlich wohler. Unsere Beziehung war endlich ans Tageslicht getreten.

Chris war für mich in dieser schwierigen Zeit eine wichtige Person, und allmählich entwickelte sich unsere Beziehung zu einer innigen Liebe. Mir war jetzt klar, dass meine Eltern nicht nach Arizona gezogen waren, um mich zu quälen, obwohl es sich zuerst so angefühlt hatte. Inzwischen glaube ich fest daran, dass alles aus einem bestimmten Grund geschieht. Wäre ich nicht nach Arizona gezogen, hätte ich nie den Mann meiner Träume gefunden.

Sheila K. Reyman

Eine unvergessene High-School-Liebe

Wenn Bruce über das Gelände unserer High-School lief, wurde er meistens von allen bemerkt. Er war groß und schlaksig und wirkte wie eine dünne Ausgabe von James Dean. Seine Haare waren über der Stirn nach hinten geworfen, und seine Augenbrauen zogen sich immer nach oben, wenn er ein ernsthaftes Gespräch führte. Er war empfindsam, klug und ehrlich und würde nie jemanden verletzen.

Ich hatte Angst vor ihm.

Ich war gerade dabei, mich von meinem nicht so klugen Freund zu trennen. Er war einer von denen, mit denen man 30-mal Schluss machte, um danach immer wieder aus schlechter Gewohnheit zurückzukehren. Bruce fing mich eines Morgens am Schultor ab, um mit mir zusammen weiterzugehen. Er trug mir meine Bücher und brachte mich mindestens ein Dutzend Mal so zum Lachen, dass mir schwindelig wurde. Ich mochte ihn. Ja, ich mochte ihn wirklich.

Trotzdem hatte ich Angst, weil er so brillant war. Aber

»Sieh an! Unsere kleine Tochter kommt von ihrem ersten Rendezvous! Macht nur weiter, Kinder, sagt euch Gute Nacht, als ob wir nicht da wären!«

schließlich erkannte ich, dass ich mich mehr vor mir selbst fürchtete als vor ihm.

Wir begannen, häufiger zusammen zur Schule zu gehen. Immer wenn ich vor meinem überfüllten Spind stand, hielt ich mit klopfendem Herzen nach ihm Ausschau. Ich fragte mich, ob er mich wohl jemals küssen würde. Wir waren nun schon seit mehreren Wochen miteinander befreundet, und er hatte immer noch nicht versucht, mich zu küssen.

Stattdessen hielt er meine Hand, legte seinen Arm um mich und schickte mich mit einem Buch ins Klassenzimmer. Wenn ich es öffnete, befand sich darin immer eine handgeschriebene Notiz, die er in seiner hochstilisierten Art geschrieben hatte. Er sprach darin von Liebe und Leidenschaft in einem tieferen Sinn, als ich es mit 17 verstehen konnte.

Bruce schickte mir Bücher, Karten und Mitteilungen. Oft saßen wir bei mir zu Hause und hörten stundenlang Musik. Bei einem Song sollte ich besonders aufmerksam zuhören: »You Brought Some Joy Inside My Tears«, von Stevie Wonder.

Eines Tages erhielt ich auf der Arbeit eine Karte von ihm. Darauf stand: »Ich vermisse dich, wenn ich traurig bin. Ich vermisse dich, wenn ich einsam bin. Aber am meisten vermisse ich dich, wenn ich glücklich bin.«

Ich erinnere mich noch gut daran, wie ich die Hauptstraße unseres kleinen Städtchens hinunterging, vorbei an hupenden Autos und den warmen Lichtern der Geschäfte, die zum Verweilen einluden. Alles, was ich denken konnte, war: »Wie komisch, Bruce vermisst mich am meisten, wenn er glücklich ist.«

Ich fühlte mich höchst unsicher mit so einem romantischen Geist an meiner Seite; einem Jungen – oder besser einem 17-jährigen Mann –, der seine Worte weise auswählte, Argumenten aufmerksam zuhörte, bis spät in die Nacht hinein Gedichte las und seine Entscheidungen sorgfältig abwog. Ich spürte eine tiefe Traurigkeit in ihm, die ich nicht verstand. Rückblickend glaube ich, seine Traurigkeit stammte daher, dass er nicht in eine normale High-School-Umgebung passte.

Unsere Beziehung unterschied sich radikal von der zu meinem vorherigen Freund. Mit ihm drehte sich alles meistens nur um Filme, Popcorn und Tratsch. Immer wieder beendeten wir unsere Beziehung und trafen uns mit anderen. Es gab Zeiten, da schien die gesamte High-School in das Drama unserer Trennungen verwickelt zu sein. Für unsere Freunde waren sie immer ein großes Unterhaltungsprogramm und lieferten viel Gesprächsstoff. Wir spielten wirklich eine gute Seifenoper.

Ich redete mit Bruce über die Dinge, und jedes Mal legte er seinen Arm um mich und erzählte mir, dass er so lange warten würde, bis ich mir Klarheit verschafft hätte. Und danach las er mir immer etwas vor. Er gab mir das Buch *Der kleine Prinz,* in dem die Sätze unterstrichen waren: »Aber die Augen sind blind. Man muss mit dem Herzen suchen.«

Im Gegenzug schrieb ich ihm leidenschaftliche Liebesbriefe und Gedichte mit nie gekannter Intensität – denn das war die einzige Möglichkeit, um mich auszudrücken. Aber dennoch verschanzte ich mich hinter meinen Mauern und hielt ihn auf Distanz, denn ich hatte Angst, er würde herausfinden, dass alles nicht echt war und nicht an seine Fähigkeiten heranreichte.

Ich wollte zurück zu meinen alten Gewohnheiten, die aus Popcorn, Kino und Tratsch bestanden. Dort war alles viel einfacher. Ich erinnere mich gut an den Tag, als Bruce und ich draußen in der Kälte standen und ich ihm mitteilte, dass ich zu meinem alten Freund zurückkehren wollte. »Er braucht mich mehr«, sagte ich mit mädchenhafter Stimme. »Alte Gewohnheiten sind schwer zu überwinden.«

Bruce schaute mich traurig an, aber die Traurigkeit galt

eher mir als ihm. Er wusste es und ich wusste es – ich war dabei, einen großen Fehler zu machen.

Jahre verstrichen. Bruce brach als Erster zum College auf, ich ging erst ein Jahr später ab. Immer wenn ich Weihnachten nach Hause kam, besuchte ich ihn und seine Familie. Ich mochte seine Eltern schon immer sehr gern. Sie begrüßten mich jedes Mal herzlich, wenn ich zu ihnen kam, und freuten sich, mich zu sehen. An dem Verhalten seiner Eltern erkannte ich, dass Bruce mir meinen Fehler verziehen hatte.

Einmal an Weihnachten sagte Bruce zu mir: »Du konntest immer sehr gut schreiben. Du warst wirklich gut.«

»Ja, das stimmt«, nickte seine Mutter. »Sie haben wunderbar geschrieben. Ich hoffe, dass Sie niemals aufhören zu schreiben.«

»Aber woher wissen Sie denn, was ich geschrieben habe?«, fragte ich seine Mutter.

»Oh, Bruce hat mir all die Briefe, die Sie ihm geschrieben haben, zum Lesen gegeben«, sagte sie. »Wir haben uns immer gefreut, wie wunderbar sie schreiben konnten.«

Dann sah ich, wie auch sein Vater nickte. Ich wurde knallrot und ließ mich zurück in den Stuhl fallen. Was genau hatte ich in diesen Briefen geschrieben?

Ich hatte nie gewusst, dass Bruce meine Schreibkünste genauso bewunderte wie ich seine Intelligenz.

Im Laufe der Jahre verloren wir uns aus den Augen. Schließlich hörte ich von seinem Vater, dass Bruce nach San Francisco gegangen wäre und mit dem Gedanken spielte, Koch zu werden. Ich quälte mich durch viele unglückliche Beziehungen, bis ich schließlich einen wundervollen Mann heiratete, der auch sehr klug ist. Ich war inzwischen reifer geworden und konnte mit der Intelligenz meines Mannes umgehen – vor allem, wenn er mich daran erinnerte, dass auch ich selbst nicht ganz dumm war.

All die anderen Freunde, die ich hatte, interessieren mich nicht mehr, mit Ausnahme von Bruce. Ich hoffe, er ist glücklich, denn er hat es verdient. Ich denke, er hat mir auf vielerlei Weise geholfen, zu mir selbst zu finden. Durch ihn habe ich gelernt, die Seite an mir zu akzeptieren, die ich nicht sehen, sondern mit Kino, Popcorn und Tratsch überdecken wollte. Er half mir, meine geistigen Fähigkeiten und mein Schreibtalent zu erkennen.

Diana L. Chapman

2

Über die Freundschaft

Es gibt Menschen, die treten in unser Leben und sind bald wieder verschwunden. Ein paar bleiben eine Zeit lang und hinterlassen Fußabdrücke auf unserem Herzen. Und danach sind wir niemals wieder die Gleichen.

Verfasser unbekannt

Eine einfache Weihnachtskarte

Ein Freund ist ein Geschenk, das du dir selbst machst.
ROBERT LOUIS STEVENSON

Abbie war schüchtern und zurückhaltend und gerade in die neunte Klasse auf einer High-School mitten im Zentrum einer großen Stadt gekommen. Sie hätte niemals gedacht, dass sie einsam sein könnte. Aber es dauerte nicht lange, und sie fing an, von ihrer alten achten Klasse zu träumen. Diese war klein und freundlich gewesen. Die neue Schule war viel zu kalt und unfreundlich.

Niemand auf dieser Schule schien es zu kümmern, ob Abbie sich willkommen fühlte oder nicht. Sie war eine sehr feinfühlige Person, aber ihre Schüchternheit hinderte sie daran, schnell neue Freunde zu finden. Das Einzige, was sie hatte, waren jene oberflächlichen Beziehungen, in denen die Leute ihre Freundlichkeit ausnutzten, indem sie ihr etwas vortäuschten.

Fast unsichtbar schlich sie jeden Tag über die Flure. Da niemand sie ansprach, erklang nirgendwo ihre Stimme. Schließlich glaubte sie, dass ihre Gedanken nicht gut genug waren, um Gehör zu finden. So blieb sie weiterhin ruhig, fast stumm.

Ihre Eltern machten sich große Sorgen um sie und befürchteten, sie würde niemals Freunde finden. Da ihre Eltern geschieden waren, brauchte Abbie dringend jemanden, mit dem sie reden konnte. Ihre Eltern ließen nichts unversucht, um ihr dabei zu helfen, sich in die neue Situation einzufinden. Sie kauften ihr Kleider und CDs, aber ohne Erfolg. Unglücklicherweise hatten Abbies Eltern keine Ahnung, dass ihre Tochter sich das Leben nehmen wollte. Oft weinte sie sich in den Schlaf, denn sie glaubte, dass niemand sie jemals genug lieben würde, um wirklich ihr Freund zu sein.

Ihre Klassenkameradin Tammy ließ sich von ihr unter dem Vorwand, sie bräuchte Hilfe, die Hausaufgaben machen. Ansonsten wollte Tammy nicht viel mit ihr zu tun haben. Diese Erfahrung stürzte Abbie nur noch tiefer in die Krise.

Im Sommer verschlimmerte sich alles. Abbie war allein, und ihre Gedanken kreisten wild umher. Sie begann zu glauben, dass das Leben ihr nicht mehr zu bieten hätte. Aus ihrer Sicht hatte es keinen Wert, am Leben zu bleiben.

Sie kam in die zehnte Klasse und schloss sich einer christlichen Jugendgruppe in ihrer Gemeinde an, in der Hoffnung, hier neue Freunde zu finden. Sie traf auf Leute, die sie nach außen hin begrüßten, aber eigentlich gar nicht in der Gruppe haben wollten.

Um die Weihnachtszeit herum war Abbie so durcheinander, dass sie Schlaftabletten nehmen musste, um überhaupt schlafen zu können. Es hatte den Anschein, als würde sie aus der Welt hinausgleiten.

Schließlich entschied sie sich am Heiligabend, während ihre Eltern auf einer Party waren, von der höchsten Brücke der Stadt zu springen. Sie hatte gerade ihr warmes Zuhause verlassen, um sich auf den langen Weg zur Brücke zu machen, als sie sich entschloss, ihren Eltern noch einen Zettel im Briefkasten zu hinterlassen. Sie öffnete die Klappe und fand mehrere Briefe im Briefkasten.

Sie nahm sie heraus, um zu sehen, von wem sie stammten. Da war einer von Oma und Opa und ein paar von den Nachbarn … und einer war an sie adressiert. Sie riss ihn auf. Es war eine Karte von einem Jungen aus der Jugendgruppe.

Liebe Abbie,

es tut mir Leid, dass ich dich nicht früher angesprochen habe, aber meine Eltern stecken mitten in der Scheidung, sodass es mir nicht möglich war, mit irgendjemandem zu reden. Ich habe ein paar Fragen über Kinder, deren Eltern geschieden sind, und hoffe, du kannst mir helfen. Vielleicht können wir Freunde werden und uns gegenseitig helfen. Ich freue mich, dich am Sonntag in der Jugendgruppe zu sehen.

Viele Grüße
Dein Freund Wesley Hill

Abbie starrte auf die Karte und las sie wieder und wieder. »Freunde werden« – sie schmunzelte. Ihr wurde klar, dass jemand Interesse an ihrem Leben hatte und die einfache und ruhige Abbie Knight zur Freundin haben wollte. Sie fühlte sich gut.

Sie kehrte um und ging zurück ins Haus. Sobald sie die Tür hinter sich geschlossen hatte, rief sie Wesley an. Ich glaube, man kann zu Recht sagen, dass er ein weihnachtliches Wunder war, denn Freundschaft ist das beste Geschenk, das man jemandem machen kann.

Theresa Peterson

Du kannst ruhig weinen

Es braucht ein großes Maß an Verständnis, viel Zeit und Vertrauen, um eine enge Freundschaft mit jemandem aufzubauen. Da ein Lebensabschnitt vor mir liegt, in dem alles offen ist, sind meine Freunde das Wertvollste, was ich habe.

ERYNN MILLER, *18 Jahre*

Gestern Abend traf ich sie zum ersten Mal seit Jahren wieder. Es ging ihr sehr schlecht. Sie hatte die Haare gefärbt, um ihre wahre Farbe zu verbergen, genauso wie das schroffe Äußere ihr tiefes Unglück verdeckte. Während ich an meine Zukunft dachte, an die Bewerbungsunterlagen für das College, die ich vor kurzem erhalten hatte, dachte sie an ihre Vergangenheit, an das Zuhause, das sie vor ein paar Tagen verlassen hatte. Sie erzählte mir von ihrer Liebe – und ich konnte darin nur eine abhängige Beziehung zu einem dominanten Mann erkennen. Sie sprach von Drogen – und ich sah, wie sie ihr als Zuflucht dienten. Sie vertraute mir ihre Ziele an – und ich erkannte unrealistische materielle Träume. Sie meinte, sie bräuchte eine Freundin – und ich bemerkte ihre Hoffnung, obwohl ich ihr am wenigsten eine sein konnte.

Wir hatten uns in der zweiten Klasse kennen gelernt. Ihr fehlte ein Zahn, mir meine Freunde. Ich war gerade von der einen Seite des Kontinents zur anderen gezogen, nur um auf kalte Metallschaukeln und kalte Gesichter vor meiner neuen Schule zu stoßen, deren Eingangstüren auch nicht gerade einladend waren. Ich fragte sie, ob ich ihr Archie-Comicheft anschauen dürfte, obwohl ich eigentlich gar keine Comics mochte. Sie sagte Ja, obwohl sie eigentlich keine Lust hatte, jemand in das Heft schauen zu lassen. Vielleicht wollten wir beide von der anderen nur ein freundliches Lächeln. Wir freundeten uns an und fanden in der anderen jemanden, mit der man spät am Abend kichern und an kalten Wintertagen heiße Schokolade schlürfen konnte, wenn der Unterricht ausfiel und wir in einer Fensternische saßen und hinaus in den endlos fallenden Schnee starrten.

Im Sommer wurde ich beim Baden von einer Biene gestochen. Sie hielt meine Hand und sagte, sie sei für mich da. »Du kannst ruhig weinen«, meinte sie – was ich dann auch tat. Im Herbst harkten wir die Blätter zu Laubhaufen zusammen und sprangen abwechselnd in sie hinein, ohne Angst, denn wir wussten, dass das farbenprächtige Bett aus Blättern unseren Aufprall abfederte.

Jetzt aber hatte sie sich wehgetan und es war niemand da, der sie tröstete. Wir hatten schon seit Monaten nicht mehr miteinander gesprochen und uns seit Jahren nicht mehr gesehen. Ich war nach Kalifornien gezogen, und sie hatte ihr Zuhause verlassen. Zwischen unseren Erfahrungen lagen Welten, was dazu geführt hatte, dass unsere Herzen weiter voneinander entfernt waren als die Strecke, die sie gerade zurückgelegt hatte. Ihre Worte befremdeten mich, aber in ihren Augen fühlte ich ihre Sehnsucht. Sie brauchte Unterstützung, um Kraft sammeln und neu anfangen zu können. Sie brauchte meine Freundschaft jetzt dringender als je zuvor. Also nahm ich ihre Hand und versicherte ihr, dass ich für sie da sei. »Du kannst ruhig weinen«, sagte ich – was sie dann auch tat.

Daphna Renan

Die Zeit der Pappkartons

Lass es dir gut gehen. Dies ist die gute alte Zeit, die du später vermissen wirst.
ANONYM

Pappkartons spielten in meiner Kindheit eine wichtige Rolle. Natürlich gab es auch andere wundervolle Spielzeuge, aber nichts ging über einen Pappkarton und ein paar Kinder, die damit spielten – besonders wenn es sich um Chris und Nick handelte, meine besten Freunde aus der Nachbarschaft, die nur drei Blöcke entfernt wohnten.

Am meisten konnte man mit einen Pappkarton im Sommer anfangen. Die langen, verträumten Tage boten genügend Zeit, um dem wahren Wesen eines Kartons auf die Schliche zu kommen und sich wahrhaft mit ihm zu verbinden. Aber um sich mit einem Karton verbinden zu können, mussten wir erst mal einen finden. Wir sprangen zu dritt auf die Ladefläche des Trucks meiner Eltern und kabbelten uns kurz um die begehrten Radsitze über der Achse. Danach sangen wir unseren »Na Na Na«-Song (ein Lied, von dem wir nur ein paar Wörter kannten, das wir aber trotzdem sangen) und warteten darauf, dass Mom ihre Schlüssel fand. Niemand von uns wagte den Vorschlag zu machen, vorne im Führerhaus mitzufahren, denn das war etwas für Weichlinge.

Endlich, nach unzähligen »Na Na Na«-Songs, fuhr uns Mom dorthin, wo es Kartons gab – und da war er! Der schönste Karton, den wir je gesehen hatten. Er stammte von einem Kühlschrank und war zweifellos der beste, den man überhaupt haben konnte. Kühlschrankkartons konnten einen an viel bessere Plätze bringen als irgendein anderer Karton, und ihre Fähigkeit, alles Mögliche sein zu können, war einfach phänomenal. Dieses glorreiche Geschenk war aus der Hintertür eines Möbelgeschäfts geworfen worden, weil man keine Verwendung mehr dafür hatte. Wir waren gerade rechtzeitig eingetroffen, um den Karton vor den ruchlosen Klauen des Müllwagens zu retten.

Wir konnten es kaum abwarten, bis Mom den Karton zur Ladefläche des Trucks geschleift hatte. Auf dem Nachhauseweg krochen wir in den Karton und waren so nicht nur vor dem Wind, sondern auch vor Insekten geschützt, die uns mitten beim »Na Na Na«-Singen in den Rachen fliegen wollten.

Die Rückkehr in die Nachbarschaft ließ unsere Brust anschwellen. Alle, die draußen waren, konnten uns sehen, und bald würde jeder wissen, dass Nick, Chris und Eva einen Kühlschrankkarton hatten. Und wer einen Kühlschrankkarton besaß, genoss hohes Ansehen. Wir würden zu Legenden werden und mit dem Karton dorthin reisen, wo noch nie zuvor ein Kind gewesen war.

Wir luden unseren Schatz ab und trugen ihn behutsam in den Hinterhof. Chris schlug vor, ein paar Minuten ruhig zu sein, um unsere Gedanken zu sammeln, und uns dann zu überlegen, was wir mit diesem großartigen Ding anstellen wollten. Wir hielten ungefähr fünf Sekunden inne und brachen danach, als ob eine unbekannte Kraft uns die Kehle öffnet, in ekstatischen Gesang aus:

Na Na Na Na Na
Diesen Karton gibt's nicht für Geld
Na Na Na
Was kostet die Welt?

Es war zwar ein kurzes Lied, aber es war wunderbar. Wer uns gehört hätte, wäre sicher tief berührt gewesen.

Jetzt war es Zeit, eine Entscheidung zu treffen. »Lasst uns in unserem Karton nach Zo reisen«, schlug ich vor.

»Wohin?« Nick und Chris schauten mich verdutzt an.

»Wohin oder wohin nicht, das ist die Frage«, erwiderte ich.

Nick meinte, er verstünde mich nicht, und ich erklärte, dass alles ganz einfach sei. Er und Chris müssten nur lernen, rückwärts zu denken. Chris gab Nick nun Recht und meinte, auch er könne mich nicht verstehen.

»Zo ist Oz rückwärts, ihr kleinen Dummköpfe! Wir wollen nach Zo reisen und dort alles tun, was Dorothy in Oz tut, aber rückwärts.« Ich schrie sie an, denn ich wusste, dass sie nicht so dumm waren, wie sie gerade taten.

Chris starrte zuerst mich und dann den Karton an, während er sich meine tolle Idee durch den Kopf gehen ließ. Ich fragte mich, was mit Chris und Nick bloß los war, denn sie wussten doch eigentlich aus der Vergangenheit, dass uns ein Karton (und besonders dieser!) überallhin führen konnte. Dank der Kraft des allmächtigen Kühlschrankkartons waren wir in der Lage, alles zu tun, was wir wollten. Auch rückwärts.

»Weißt du, Eva hat Recht«, sagte Chris. »Wir haben noch nie etwas rückwärts gemacht, lasst uns also jetzt damit anfangen. Aber wir können überall hin zurückgehen, nicht nur nach Zo.«

In diesem Moment wurde uns plötzlich klar, dass wir in die Geschichte eingehen würden. Die Menschen auf der ganzen Welt würden über »Die drei Kinder mit dem Rückwärtskarton« reden. Andere Kinder würden versuchen uns nachzueifern, aber niemand würde jemals an uns heranreichen, weil keiner so viel Phantasie hatte wie wir.

Feierlich erklärten wir unseren Karton zur Zeitmaschine. Wir schworen über einem Glas Schoko-Erdnuss-Butter, dass diese Rückwärtsidee unter uns bleiben sollte (zumindest bis zum nächsten Karton). Und wer ein Versprechen nicht hielt, das über einem Glas Schoko-Erdnuss-Butter gegeben wurde, der war zutiefst unmoralisch.

Nachdem wir mehrere Jahre in der Zeit zurückgereist waren, stießen wir auf ein Dilemma. Wir besuchten einen Sänger namens Elvis, der uns fragte, wie wir es geschafft hatten, nach Graceland zu kommen. Wir erzählten ihm von unserer Zeitmaschine, der Rückwärtsidee, dem Versprechen über der Schoko-Erdnuss-Butter und wie wir in die Geschichte eingehen würden. Elvis war sehr erstaunt über uns und meinte, wir seien ja ganz ordentliche Kinder ... aber ...

»Aber was?«, fragten wir ungeduldig.

Er wollte wissen, wie wir wieder nach Hause zurückkämen, wenn wir uns nur rückwärts in der Zeit bewegen konnten.

Noch nie im Leben waren wir in solch einer misslichen Lage gewesen. Und noch nie hatten wir ein Versprechen über einem Glas Schoko-Erdnuss-Butter gebrochen. Wir saßen in der Falle, aber konnten nicht einfach kapitulieren. Das Leben hat immer Höhen und Tiefen – und dies war einer seiner Tiefpunkte. Wir würden sicherlich die ganze Nacht brauchen, um uns Klarheit zu verschaffen. Doch zum Glück passten unsere Eltern auf, dass wir nicht die ganze Nacht draußen in unseren Phantasiespielen blieben.

Es dauerte nicht lange, da rief meine Mutter zur Hintertür hinaus und holte uns aus unserer Phantasiewelt. Abrupt landeten wir wieder auf dem Hof. Auch für Nick und Chris war es Zeit, nach Hause zu gehen. Wir verabredeten uns noch rasch für den nächsten Morgen. Um acht Uhr wollten wir uns treffen, um nach einer Lösung für das Desaster zu suchen, in dem wir uns befanden. Als ich die paar Meter zur Hintertür lief, rannten auch Nick und Chris los, um so schnell wie möglich nach Hause zu kommen. Wir hatten keine Zeit zu verlieren, denn schon am nächsten Morgen würden wir wieder in unserer imaginären Welt sein.

Morgens um 7 Uhr 33 zerriss das läutende Telefon die Stille. Ich stolperte mit einem dicken Kopf vom vielen Nachdenken aus dem Bett. Als ich den Hörer abnahm, war es Nick, der wissen wollte, ob ich den Karton mit Plastik abgedeckt hatte, so wie wir es immer taten, um ihn vor Regen zu schützen. Ich schaute aus dem Fenster und sah, dass es lange und heftig geregnet hatte. Zu meinem tiefsten Bedauern musste ich Nick mitteilen, dass ich den Karton nicht abgedeckt hatte, wir aber alle die Verantwortung dafür trugen und es nicht alleine meine Schuld war.

Nick und Chris kamen herüber, und statt unserer üblichen Neckereien schwiegen wir alle. Unser Karton hatte uns nur einen Tag lang begleitet. Jetzt saßen wir in der wirklichen Welt fest, denn der Karton war unbrauchbar geworden.

Wir konnten den voll gesaugten Karton nicht einfach zum Verrotten im Hof liegen lassen. Solange er uns gedient hatte, war er ein guter Karton gewesen, dem auch jetzt angemessener Respekt gebührte. Wir zogen ihn an die Straßenseite, wo gewöhnlich der Müll abgeholt wurde. Am Tag zuvor war er vor dem Müllwagen gerettet worden, der sein Leben frühzeitig beendet hätte. Jetzt aber war es für unseren Karton Zeit zu gehen. Obwohl er auf natürliche Weise »gestorben« war, hätte sein »Tod« verhindert werden können. Diese Tatsache war eine Last, die wir die ganze Kindheit über mit uns herumschleppen würden.

Wir setzten uns alle drei neben den toten Karton und warteten auf den Müllwagen. Wir stimmten sogar ein »Na Na Na«-Requiem an, und als der Müllwagen mit unserem Karton davonfuhr, sangen wir aus Leibeskräften. Niemand hätte ernsthafter und gefühlvoller singen können als wir an diesem Tag. Obwohl wir unserem Karton nachtrauerten, wussten wir, dass das Leben weiterging. Wir mussten einen anderen Karton finden und mit ihm eine andere imaginäre Welt aufbauen.

Ich vermisse die Zeit der Pappkartons. Dennoch, genauso wie wir nach dem Ableben unseres Kartons weitermachen mussten, musste auch ich weitergehen und erwachsen werden. Die Vorstellungswelt meiner Kindheit wird jedoch immer ein Teil von mir bleiben. Ich werde immer an Pappkartons glauben.

Eva Burke

3

Über die Familie

Die Familie ist ein liebenswerter Krake, dessen Tentakeln wir niemals wirklich entkommen können – was wir tief im Herzen auch gar nicht wollen.

Dodie Smith

Nachdruck mit Genehmigung von Dave Carpenter

Sie gab mich niemals auf

Sie hat niemals aufgegeben. Meine Mom ist meine Heldin.
KIMBERLY ANNE BRAND

Ich lag auf dem Fußboden, strampelte wie wild mit den Beinen und schrie so lange, bis ich nicht mehr konnte – und all das nur, weil meine Adoptivmutter mich gebeten hatte, mein Spielzeug aufzuräumen.

»Ich hasse dich«, schrie ich sie an. Ich war sechs Jahre alt und verstand selbst nicht, warum ich immer so wütend war.

Seit meinem zweiten Lebensjahr lebe ich bei Adoptiveltern. Meine leibliche Mutter konnte meinen fünf Schwestern und mir nicht die Fürsorge geben, die wir brauchten. Da wir keinen Vater oder sonst jemanden hatten, der sich um uns kümmerte, kamen wir zu verschiedenen Adoptiveltern. Ich fühlte mich einsam und verwirrt. Ich wusste nicht, wie ich anderen verständlich machen sollte, wie verletzt ich innerlich war. Einen Wutanfall zu bekommen schien mir der einzige Weg, meine Gefühle ausdrücken zu können.

Weil meine letzte Adoptivmutter es nicht mehr mit mir aushielt, gab sie mich wieder an die Adoptionsagentur zurück, genauso wie es die Mutter davor getan hatte. Ich hatte das Gefühl, dass niemand auf der Welt mich liebte.

Dann traf ich Kate McCann. Ich war damals sieben und lebte bei meiner dritten Adoptivfamilie, als sie zu Besuch kam. Als meine Adoptivmutter mir erzählte, dass Kate allein stehend sei und gerne ein Kind adoptieren würde, glaubte ich nicht, dass ihre Wahl auf mich fallen würde. Ich konnte mir einfach nicht vorstellen, dass irgendjemand mit mir zusammenleben wollte.

An jenem Tag besuchte ich mit Kate eine Kürbisfarm. Wir hatten viel Spaß miteinander, aber ich glaubte nicht, dass wir uns je wieder sehen würden.

Ein paar Tage später kam eine Sozialarbeiterin zu uns nach Hause und teilte uns mit, dass Kate mich adoptieren wollte. Dann fragte sie mich noch, ob ich etwas dagegen hätte, in einer Familie ohne Vater zu leben.

»Ich möchte nur jemanden, der mich liebt«, sagte ich.

Kate kam am nächsten Tag. Sie meinte, es könne ein Jahr dauern, bis die Adoption formell abgeschlossen sei, aber ich könne schon bald zu ihr ziehen. Ich war voller Erwartungen und hatte gleichzeitig Angst, denn ich kannte Kate überhaupt nicht. Ich fragte mich, ob sie ihre Meinung ändern würde, wenn sie mich erst einmal kennen gelernt hatte.

Kate spürte meine Angst. »Ich weiß, du hast viel durchgemacht«, sagte sie und nahm mich in den Arm. »Ich spüre deine Angst. Aber ich verspreche dir, dass ich dich niemals wieder wegschicken werde. Wir sind jetzt eine Familie.«

Ich war überrascht zu sehen, wie sich ihre Augen mit Tränen füllten. Mir wurde plötzlich klar, dass sie genauso einsam war wie ich.

»Okay … Mom«, sagte ich.

In der darauf folgenden Woche lernte ich meine neuen Großeltern, meine Tante, meinen Onkel und meine Cousins und Cousinen kennen. Es war schon ein seltsames – aber gutes – Gefühl, von Fremden in die Arme genommen zu werden, als ob sie mich bereits liebten.

Als ich bei Mom eingezogen war, hatte ich das erste Mal in meinem Leben ein eigenes Zimmer. Es hatte Tapeten und eine dazu passende Bettdecke, eine antike Frisierkommode und einen großen Schrank. Ich hatte nur ein paar Kleider, die ich in einer braunen Papiertüte mitgebracht hatte. »Mach dir keine Sorgen«, sagte Mom, »ich werde dir schöne neue Sachen kaufen.«

Als ich an diesem Abend ins Bett ging, fühlte ich mich sicher. Ich betete, nicht wieder fortgeschickt zu werden.

Mom unternahm viele schöne Dinge mit mir. Sie nahm mich mit zur Kirche und erlaubte mir, Haustiere zu halten. Außerdem bekam ich Reit- und Klavierstunden. Jeden Tag sagte sie mir, wie sehr sie mich liebte. Aber Liebe allein reichte nicht aus, um meinen inneren Schmerz zu heilen. Ich wartete darauf, dass sie ihre Meinung ändern würde. Ich dachte: »Wenn ich sie nur schlecht genug behandele, verlässt sie mich bestimmt auch wie alle anderen.«

Ich versuchte, ihr wehzutun, bevor sie mir wehtun konnte. Ich fing an, mich mit ihr um Kleinigkeiten zu streiten, und bekam Wutanfälle, wenn ich mich nicht durchsetzen konnte. Ich schmiss Türen zu, und wenn Mom versuchte, mich aufzuhalten, schlug ich auf sie ein. Aber sie verlor niemals die Geduld. Sie nahm mich in den Arm und sagte mir, wie sehr sie mich liebte. Immer wenn ich ausrastete, ließ sie mich auf einem Trampolin springen.

Da ich in der Schule nicht sehr gut war, war Mom von Anfang an sehr streng mit den Hausaufgaben. Einmal schaute ich gerade fern, als sie hereinkam und den Fernseher ausschaltete. »Du kannst fernsehen, wenn du mit deinen Hausaufgaben fertig bist«, sagte sie. Ich rastete völlig aus. Ich schmiss meine Bücher durch das Zimmer und schrie: »Ich hasse dich und will hier nicht mehr leben!«

Ich wartete, dass sie kam und mich aufforderte, meine Sachen zu packen. Als sie das nicht tat, fragte ich: »Schickst du mich nicht wieder zurück?«

»Mir gefällt die Art und Weise, wie du dich verhältst, überhaupt nicht«, sagte sie, »aber ich werde dich nicht zurückschicken. Wir sind eine Familie, und Familienmitglieder lassen einander nicht im Stich.«

Jetzt endlich begriff ich, dass diese Mom anders war. Sie wollte mich nicht loswerden, denn sie liebte mich wirklich. Und auch ich erkannte, wie sehr ich sie liebte. Ich weinte und fiel ihr in die Arme.

Als Mom mich im Jahre 1985 formell adoptierte, feierte die ganze Familie in einem Restaurant. Es fühlte sich gut an, irgendwo dazuzugehören. Aber ich hatte immer noch Angst. Konnte mich Mom überhaupt für immer lieben? Meine Wutanfälle verschwanden nicht sofort, aber im Laufe der Monate ließen sie immer mehr nach.

Heute bin ich 16. Ich habe einen Notendurchschnitt von 3,4 sowie ein Pferd namens Dagger's Point, vier Katzen, einen Hund, sechs Tauben und einen Frosch im Gartenteich. Und ich habe einen Traum: Ich möchte Tierärztin werden.

Mom und ich unternehmen viel zusammen. Wir machen gerne Einkaufsbummel und lieben es, zusammen zu reiten. Wir müssen immer schmunzeln, wenn die Leute sagen, wie ähnlich wir uns sehen. Die meisten wollen gar nicht glauben, dass sie nicht meine leibliche Mutter ist.

Ich bin jetzt glücklicher, als ich es mir je hätte träumen lassen. Wenn ich älter bin, möchte ich heiraten und Kinder haben, und wenn das nicht klappt, werde ich genau wie Mom ein Kind adoptieren. Ich werde ein verängstigtes und einsames Kind zu mir nehmen und dann immer zu ihm halten. Ich bin so froh, dass Mom mich niemals aufgegeben hat.

Sharon Whitley
aus dem Magazin Woman's World

Nachdruck mit Genehmigung von Randy Glasbergen.

Bedingungslose Mutterliebe

Meine Mutter hatte immer alle Hände voll mit mir zu tun, aber ich denke, es hat ihr gefallen.

MARK TWAIN

Ich war ein grauenhafter Teenager. Aber nicht so, wie man es von 15-jährigen Teenagern gewöhnlich kennt, die immer alles besser wissen, ihr Zimmer nicht aufräumen und sich auf ihr Alter mächtig etwas einbilden. Nein, ich war ein manipulierendes, lügendes Monster mit einer gefährlichen Zunge, das schon früh erkannt hatte, dass es die Dinge in seinem Interesse lenken konnte, ohne groß Rücksicht auf andere zu nehmen. Die Autoren der erfolgreichsten Seifenopern hätten sich keine schlimmere »Schurkin« ausdenken können. Hier ein paar gemeine Kommentare, dort eine Lüge und vielleicht noch ein wütender Blick – und alles lief wie geschmiert. Zumindest dachte ich das.

Die meiste Zeit über war ich nach außen hin ein gutes Kind. Ein pausenlos kicherndes, freches Mädchen mit Boxernase, das den Sport liebte und sich gern mit anderen maß (weniger freundlich ausgedrückt: eine, die sich immer mit anderen anlegte und ein loses Mundwerk führte). Dies ist höchstwahrscheinlich auch der Grund, warum die meisten meiner Mitmenschen meine »Bulldozertaktik« ertragen haben, mit der ich ohne Rücksicht auf Verluste alle niedergemacht habe. Zumindest eine Zeit lang.

Da ich immer darauf achtete, mich mit ein paar Menschen gut zu stellen, dauerte es ziemlich lange, bis ich erkannte, wie viele andere ich permanent verletzte. Ich vergraulte nicht nur viele meiner engsten Freunde, weil ich versuchte, sie zu kontrollieren. Ich sabotierte auch immer wieder die wertvollste Verbindung in meinem Leben: die Beziehung zu meiner Mutter.

Selbst heute noch, zehn Jahre nach der Geburt meines neuen Ichs, wundere ich mich über mein damaliges Verhalten. Ich machte ständig bissige Bemerkungen, mit denen ich hauptsächlich die Menschen traf, die mir besonders am Herzen lagen. Wut und Verwirrung bestimmten jeden Schritt, den ich tat – und das alles nur, weil ich sicherstellen wollte, dass alle nach meiner Pfeife tanzten.

Meine Mutter, die mich mit 38 Jahren gegen den Rat ihres Arztes ausgetragen hatte, hat oft geweint und gesagt: »Ich musste so lange auf dich warten, stoß mich bitte nicht weg. Ich will dir nur helfen.«

Ich antwortete dann immer mit steinernem Gesicht: »Ich habe dich nicht darum gebeten. Ich habe nie gewollt, dass du dich um mich kümmerst. Lass mich in Ruhe und vergiss einfach, dass ich je existiert habe.«

Irgendwann begriff meine Mutter, dass ich es wirklich ernst meinte. Mein Verhalten ließ keine anderen Rückschlüsse zu.

Ich war rücksichtslos und nur auf meinen eigenen Vorteil bedacht. Wie viele andere junge Mädchen auf der High-School musste auch ich mich immer mit den Jungen treffen, die schon vergeben waren. Ich schlich mich zu jeder Nachtzeit aus dem Haus, nur um zu beweisen, dass ich das konnte, und erfand komplexe Lügengebilde, die immer auf mich selbst zurückzufallen drohten. So versuchte ich ständig, alle Aufmerksamkeit auf mich zu ziehen, während ich gleichzeitig unsichtbar sein wollte.

Ironischerweise würde ich auch gern berichten können, in jener Lebensphase Drogen genommen zu haben. Dennoch habe ich keine bewusstseinserweiternden Pillen geschluckt oder Sachen geraucht, die meine Persönlichkeit veränderten und die für die schrecklichen, rasierklingenscharfen Worte aus meinem Mund hätten verantwortlich gemacht werden können. Das war alles nicht der Fall, meine einzige Sucht war der Hass. Ich fühlte mich nur wohl, wenn ich anderen Schmerzen zufügen konnte.

Aber irgendwann fragte ich mich, warum ich das alles tat. Warum musste ich andere immer verletzen? Und warum ausgerechnet die Menschen, die mir am liebsten waren? Warum erfand ich all diese Lügengeschichten? Warum griff ich ständig meine Mutter an? All diese Warums machten mich immer verrückter, bis eines Tages alles in einem Selbstmordanfall explodierte.

Als ich die Nacht nach dem erfolglosen und halbherzigen Versuch, bei 130 Stundenkilometern aus einem Auto zu springen, im »Zufluchtsort« (meinem Kosenamen für das Krankenhaus) wach lag, war mir eines unzweideutig klar geworden: Ich wollte nicht sterben.

Und ich hatte es satt, anderen Menschen Leid zuzufügen, damit ich meinen Hass auf mich selbst nicht fühlen musste – meinen Selbsthass, den ich immer auf alle anderen verteilte.

Das erste Mal seit Jahren sah ich das leidvolle Gesicht meiner Mutter. Ihre warmen braunen Augen sahen müde aus, aber sie waren erfüllt von Dankbarkeit, dass ihre Tochter neuen Lebensmut geschöpft hatte. In ihnen war nichts als Liebe für das Kind, auf dessen Geburt sie bis zu ihrem 38sten Lebensjahr gewartet hatte.

Dies war meine erste Begegnung mit bedingungsloser Liebe. Was für ein machtvolles Gefühl!

Trotz all der Lügen, die ich ihr aufgetischt hatte, liebte sie mich immer noch. Eines Nachmittags weinte ich stundenlang in ihrem Schoß und fragte sie, warum sie mich immer noch liebte, nach all den schrecklichen Dingen, die ich ihr angetan hatte. Sie sah auf mich herab, strich mir das Haar aus dem Gesicht und gab ehrlich zu: »Ich weiß es nicht.«

Ein sanftes Lächeln brach durch ihre Tränen, und die Falten in ihrem leidgeprüften Gesicht erzählten mir alles, was ich wissen wollte. Ich war ihre Tochter, aber noch wichtiger: sie war meine Mutter! Nicht jedes unausstehliche Kind hat so viel Glück. Nicht jede Mutter antwortet immer wieder mit Liebe, wenn sie ständig so an ihre Grenzen getrieben wird wie sie.

Bedingungslose Liebe ist das wertvollste Geschenk, das wir jemandem machen können. Und die Vergebung der Vergangenheit ist das schönste Geschenk, das wir bekommen können. Ich wage nicht zu behaupten, dass man diesen reinen Ausdruck von Liebe zweimal im Leben erfahren kann.

Ich weiß, dass ich Glück gehabt habe. Und ich möchte das Geschenk, das ich von meiner Mutter bekommen habe, an alle »unausstehlichen« Teenager in der ganzen Welt weitergeben, die verwirrt sind und keinen Ausweg sehen.

Es ist in Ordnung, Schmerz zu spüren, Hilfe zu brauchen und Liebe zu fühlen – fühle alles, ohne es zu verbergen. Komm hinter deinen dicken Mauern und deinen Schutzschildern hervor. Ersticke nicht hinter deiner Maske, sondern tritt frei hervor und atme das wirkliche Leben.

Sarah J. Vogt

Der Tag der Geburt

Als ich auf dem Stuhl am Fenster saß und den warmen Junisonnenschein auf meinem Arm spürte, musste ich mich daran erinnern, wo ich war. Es war kaum zu glauben, dass sich in dieser geschmackvollen Einrichtung aus Eiche medizinische Geräte befanden und die Deckenvertäfelung im

Handumdrehen zur Seite gefahren werden konnte, um chirurgische Strahler zum Vorschein kommen zu lassen. Mit Ausnahme einiger Geräte und des Instrumentenwagens neben dem Bett deutete eigentlich nichts auf ein Krankenhauszimmer hin. Während ich die sorgfältig ausgesuchte Tapete und Möblierung betrachtete, erinnerte ich mich an jenen nicht so fernen Tag, an dem das, was ich jetzt erleben sollte, zum ersten Mal auf mich zukam.

Es war ein kühler Tag im Oktober. Unser Feldhockeyteam hatte gerade 2:1 gegen Saratoga gewonnen. Ich ließ mich erschöpft und glücklich auf den Beifahrersitz unseres Autos fallen. Während wir die Schule hinter uns ließen, meinte meine Mutter, dass sie an diesem Tag noch zum Arzt müsse. »Warum, was hast du?«, fragte ich nervös und stellte mir alle möglichen Wehwehchen vor, die meine Mutter vielleicht haben könnte.

»Nun…«, sie zögerte und meine Bedenken nahmen zu. »Ich bin schwanger.«

»Du bist was?«, platzte es aus mir heraus.

»Schwanger«, wiederholte sie.

Ich war gelinde gesagt sprachlos. Ich saß im Auto und alles, was ich denken konnte, war, dass so etwas doch nicht mit deinen Eltern passiert, wenn du im Sophomore-Jahr auf der High-School bist. Mich traf der Schlag, als mir klar wurde, dass ich meine Mutter würde teilen müssen. Meine Mutter, die ich 16 Jahre nur für mich allein gehabt hatte. Ablehnung und Verwirrung überkam mich in Anbetracht der winzigen Person, die sich da in meiner Mom eingenistet hatte. Ich hatte nie gewollt, dass meine Mutter nach ihrer Wiederheirat noch mal ein Kind bekam. Dies war sehr selbstsüchtig, aber ich war nicht bereit, auch nur das kleinste bisschen von meiner Mutter mit jemandem zu teilen.

Doch ich sah den Schock und die Freude in den Augen

meines Stiefvaters, als ihm die bevorstehende Ankunft seines ersten Kindes mitgeteilt wurde, und da spürte auch ich so etwas wie Vorfreude. Ich konnte es kaum erwarten, allen davon zu erzählen und meine Freude offen zu zeigen. Dennoch, im tiefsten Inneren versuchte ich, mit meiner Angst und meiner Wut fertig zu werden.

Meine Eltern ließen mich an allen Vorbereitungen teilnehmen, von der Dekoration des Kinderzimmers über die Auswahl des Namens bis zur Teilnahme am Geburtsvorbereitungskurs. Außerdem durfte ich bei der Geburt des Babys dabei sein. Aber trotz der ganzen glücklichen Aufregung, die diese Schwangerschaft mit sich brachte, war es nicht leicht für mich, meine Freunde und Verwandten immer nur über das neue Baby reden zu hören. Ich befürchtete, in die Wüste geschickt zu werden, wenn das Baby erst mal da war. Wenn ich allein war, stieg manchmal die Angst in mir hoch, was das Baby mir alles wegnehmen würde, und diese Angst erstickte alle Freude.

Als ich an jenem 17. Juni in dem Zimmer saß, in dem die Geburt stattfinden sollte, und mir vorstellte, dass das Baby bald da war, konnte ich meine Unsicherheit nicht länger unterdrücken. Wie würde sich mein Leben gestalten? Würde es ein endloses Babysitten werden? Was würde ich aufgeben müssen? Und am wichtigsten: würde ich meine Mutter verlieren? Die Zeit, die mir blieb, um zu grübeln und mir Sorgen zu machen, ging schnell vorüber. Das Baby war im Anmarsch.

Es war die unglaublichste Erfahrung meines Lebens, an jenem Tag bei der Geburt dabei zu sein, denn eine Geburt ist wirklich ein Wunder. Als der Arzt verkündete, dass es ein Mädchen war, weinte ich vor Freude. Ich hatte eine kleine Schwester!

Inzwischen sind all meine Ängste und Unsicherheiten dank meiner warmherzigen und verständnisvollen Familie verschwunden. Es ist ein ganz besonderes Gefühl, jeden Morgen zusammen mit einer niedlichen kleinen Person auf den Schulbus zu warten und zu sehen, wie sie Mom mit ihrer kleinen Hand zum Abschied zuwinkt. Es ist wundervoll, nach Hause zu kommen und nicht mal die Chance zu haben, die Jacke auszuziehen, bevor sie an mir zerrt, damit ich mit ihr spiele.

Ich sehe nun, dass es in meinem Zuhause viel Liebe für Emma gibt. Meine Befürchtungen, dass sie mir etwas wegnehmen könnte, haben sich in Luft aufgelöst. Anstatt mir etwas wegzunehmen, hat sie mein Leben bereichert. Ich habe nie geglaubt, dass ich ein Baby so sehr lieben könnte, und ich würde die Freude, ihre große Schwester zu sein, niemals gegen irgendetwas eintauschen.

Melissa Esposito

Der Home Run

Am 18. Juni ging ich zum Baseballspiel meines kleinen Bruders, so wie ich es immer tat. Cory war damals 12 Jahre alt und spielte schon seit einigen Jahren Baseball. Als ich sah, wie er sich als nächster Schlagmann warm machte, beschloss ich, zum Unterstand zu gehen, um ihm ein paar Tipps zu geben. Aber als ich bei ihm war, sagte ich einfach nur: »Ich liebe dich.«

Daraufhin fragte er mich. »Heißt das, du möchtest, dass ich einen Home Run schlage?«

Ich lächelte und sagte: »Gib dein Bestes.«

Als er zum Schlagmal ging, umgab ihn eine eigenartige Aura. Er wirkte selbstbewusst und schien genau zu wissen, was er tat. Er holte nur einmal aus und schlug seinen ersten Home Run! Voller Stolz lief er um die Male – seine Augen funkelten und sein Gesicht strahlte. Aber am meisten berührte mich, als er zum Unterstand zurückging. Er schaute zu mir herüber mit dem breitesten Lächeln, das ich je gesehen habe, und sagte: »Ich liebe dich auch, Ter.«

Ich erinnere mich nicht mehr, ob seine Mannschaft das Spiel gewonnen oder verloren hat. An diesem denkwürdigen Sommertag im Juni spielte das einfach keine Rolle.

Terri Vandermark

Mein großer Bruder

Stell dir zuerst vor, was du sein willst,
und dann tue das, was du tun musst.
EPIKTET

Ich hätte es nie für möglich gehalten, dass die Abwesenheit von stinkenden Socken und lauter Musik so wehtun könnte. Aber mein Bruder ist weg aufs College. Als seine 14-jährige Schwester vermisse ich ihn sehr, denn wir stehen einander sehr nahe. Mein Bruder ist ein außergewöhnlicher Mensch. Er ist klug und sensibel, und meine Freundinnen finden ihn ganz toll. Aber ich bin vor allem stolz darauf, wie er an die Dinge herangeht, wie er seine Freunde und seine Familie behandelt und wie er die Leute ernst nimmt. Er ist mein großes Vorbild in all diesen Dingen. Wenn du magst, werde ich dir erklären, was ich damit meine …

Mein Bruder bewarb sich an 14 Universitäten. Seine Bewerbungen wurden von allen akzeptiert, nur nicht von der, auf die er wollte. So gab er sich mit der zweiten Wahl zufrieden und verbrachte dort ein schönes, aber ereignisloses erstes Jahr. Als er in den Sommerferien nach Hause kam, erzählte er uns, dass er einen Plan geschmiedet hätte. Er wolle

»Eines Tages, mein Sohn, wirst du dann alt genug sein, dass du alles tun kannst, was du willst… Aber dann braucht dein Sohn das Auto, so musst du zu Hause bleiben und fernsehen.«

Nachdruck mit Genehmigung von Randy Glasbergen.

alles Erdenkliche tun, um auf die Brown University gehen zu können. Würden wir ihn dabei unterstützen?

Sein Plan sah vor, nach Rhode Island in die Nähe der Brown University zu ziehen, dort eine Arbeit zu suchen und alles daranzusetzen, in der Gegend bekannt zu werden. Er werde sich die Seele aus dem Leib arbeiten, sagte er, und überall sein Bestes geben. Irgendwem, da war er sich sicher, würde sein Einsatz auffallen. Für meine Eltern war der Plan meines Bruders nicht leicht zu verdauen, denn sie mussten sich damit einverstanden erklären, dass er ein Jahr lang nicht zur Uni gehen würde, was ihnen Angst bereitete. Aber sie vertrauten ihm und ermutigten ihn, alles zu tun, was er für notwendig hielt, um sich seinen Traum zu erfüllen.

Es dauerte nicht lange, und er bekam einen Job – raten Sie mal wo? – an der Brown University! Er sollte dort die Theateraufführungen organisieren. Das war seine Chance, und er nahm sie wahr. Keine Aufgabe war ihm zu gering oder zu groß. Er machte den Job hundertprozentig, mit jeder Faser seines Körpers. Er hatte mit Lehrern und Verwaltern zu tun, erzählte allen von seinem Traum und was er vorhatte.

Und als er sich im folgenden Jahr wieder an der Brown University bewarb, wurde er akzeptiert.

Wir waren alle glücklich, aber ich hatte obendrein eine wichtige Lektion gelernt – eine Lektion, die mir niemand mit Worten hätte beibringen können, weil ich sie mit meinen eigenen Augen sehen musste. Wenn ich nur hart genug an dem arbeite, was ich wollte, und wenn ich mich nicht durch anfängliche Zurückweisung entmutigen ließe, konnten auch meine Träume Wirklichkeit werden. Dieses Geschenk bewahre ich immer noch in meinem Herzen. Ich habe es meinem Bruder zu verdanken, dass ich dem Leben vertraue.

Neulich erst flog ich ganz allein nach Rhode Island, um ihn zu besuchen, und hatte eine Woche lang sturmfreie Bude ohne Eltern. Am Abend vor meiner Rückreise redeten mein Bruder und ich über alles Mögliche, wie Freunde, Freundinnen, Gruppenzwang und die Schule. Mitten im Gespräch schaute er mir in die Augen und sagte, er liebe mich. Er meinte, ich sollte immer nur Dinge tun, bei denen ich ein gutes Gefühl hätte, und niemals vergessen, dass ich meinem Herzen immer vertrauen könne.

Ich weinte auf dem ganzen Rückweg, denn ich wusste, dass mein Bruder und ich einander immer nahe sein würden, und ich war glücklich, ihn zum Bruder zu haben. Irgendetwas war anders. Ich fühlte mich nicht mehr wie ein kleines Mädchen. Ein Teil von mir war auf dieser Reise erwachsen geworden. Zum ersten Mal dachte ich an die wichtige Aufgabe, die mich zu Hause erwartete. Ich habe nämlich eine zehnjährige Schwester. Es scheint, als sei mein Weg vorgezeichnet. Zum Glück hatte ich einen großen Lehrer.

Lisa Gumenick

Die Stimme eines Bruders

Die meisten Menschen haben etwas, was sie inspiriert. Vielleicht sind es die Worte von jemandem, den man respektiert, oder eine bestimmte Erfahrung. Was auch immer diese Inspiration sein mag, sie hilft einem meist dabei, das Leben aus einer anderen Perspektive zu betrachten. Meine Inspiration war meine Schwester Vicki, eine liebenswürdige und feinfühlige Person. Sie strebte weder nach Auszeichnungen noch danach, dass in der Zeitung über sie geschrieben wurde. Ihr genügte es, ihre Liebe mit all den Menschen zu teilen, die ihr am Herzen lagen: ihre Familie und ihre Freunde.

Im Sommer vor meinem Junior-Jahr auf dem College rief mein Vater mich an und sagte, dass Vicki ins Krankenhaus gebracht worden sei. Sie war zusammengebrochen und die rechte Seite ihres Körpers war gelähmt. Die erste Vermutung war, dass sie einen Schlaganfall erlitten hatte. Aber die Untersuchungsergebnisse zeigten, dass die Situation weitaus ernster war. Ein bösartiger Gehirntumor war die Ursache ihrer Lähmung. Die Ärzte gaben ihr nur noch drei Monate zu leben. Wie konnte das nur geschehen? Am Tag zuvor war Vicki noch völlig in Ordnung gewesen. Nun schien ihr Leben plötzlich unerwartet in jungen Jahren zu enden.

Nachdem ich den ersten Schock und das Gefühl der Leere überwunden hatte, kam ich zu dem Entschluss, dass Vicki Hoffnung und Ermutigung brauchte. Sie brauchte jemanden, der sie dabei unterstützte, dieses Hindernis zu überwinden. So wurde ich Vickis Coach. Jeden Tag visualisierten wir, wie sich der Tumor zurückbildete, und wir sprachen nur noch über positive Dinge. Ich heftete sogar ein Schild an ihre Krankenhauszimmertür, auf dem stand: »Wenn du negative Gedanken hast, lass sie draußen.« Ich war entschlossen, Vicki dabei zu helfen, den Tumor zu besiegen. Wir trafen ein Abkommen, das wir »Fifty-Fifty« nannten. Ich übernahm 50 Prozent des Kampfes und Vicki die anderen 50.

Der August kam und mit ihm der Zeitpunkt, 3000 Meilen entfernt mit dem College zu beginnen. Ich war unsicher, ob ich abreisen oder bei Vicki bleiben sollte, und machte den Fehler, ihr zu erzählen, dass ich vielleicht nicht zum College aufbrechen würde. Sie wurde wütend und sagte, ich solle mir keine Sorgen machen, sie würde schon allein zurechtkommen. Da lag Vicki in einem Krankenhausbett und erzählte mir, ich solle mir keine Sorgen machen. Ich sah, dass mein Bleiben die Botschaft aussenden könnte, sie werde bald sterben, und ich wollte auf keinen Fall, dass sie das glaubte. Vicky sollte fest daran glauben, dass sie den Tumor besiegen könne.

Es fiel mir sehr schwer, am letzten Abend vor dem Abflug Abschied von ihr zu nehmen im Bewusstsein, sie vielleicht das letzte Mal zu sehen. Auf dem College habe ich dann niemals aufgehört, meine 50 Prozent für sie zu kämpfen. Jede Nacht vor dem Schlafengehen sprach ich im Geiste mit Vicki, in der Hoffnung, dass sie mich irgendwie hören würde. Ich sagte: »Vicki, ich kämpfe für dich und werde dich niemals im Stich lassen. Wenn auch du nicht aufhörst zu kämpfen, werden wir den Tumor besiegen.«

Ein paar Monate waren vergangen, und sie hielt immer noch durch. Ich sprach mit einer älteren Freundin, und sie erkundigte sich nach Vickis Befinden. Ich erzählte ihr, dass sich Vickis Zustand verschlechterte, sie aber nicht aufgab. Meine Freundin stellte mir daraufhin die Frage, die mich wirklich nachdenken ließ. Sie fragte: »Hast du mal daran gedacht, dass sie vielleicht deshalb nicht loslässt, weil sie dich nicht hängen lassen will?«

Vielleicht hatte sie Recht? Vielleicht ermutigte ich Vicki nur aus egoistischen Motiven? Bevor ich an jenem Abend zu Bett ging, sagte ich zu meiner Schwester: »Vicki, ich verstehe, dass du große Schmerzen hast und vielleicht alles hinter dir lassen willst. Wenn du das möchtest, dann möchte ich es auch. Wir haben bislang nicht verloren, weil du nie aufgehört hast zu kämpfen. Wenn du zu einem besseren Ort überwechseln willst, habe ich Verständnis dafür. Irgendwann werden wir wieder zusammen sein. Ich liebe dich und werde immer dort sein, wo du bist.«

Früh am nächsten Morgen rief mich meine Mutter an, um mir zu sagen, dass Vicki gegangen sei.

James Malinchak

»Willst du mich lächerlich machen?! Ich kenne die Leute in der Gegend, Papi! Bitte nimm diesen albernen Hut ab!«

Baseballlektionen

Man hat immer die Wahl zwischen zwei Wegen. Der eine ist einfach. Und sein einziger Lohn besteht darin, einfach zu sein.

VERFASSER UNBEKANNT

Als Elfjähriger war ich süchtig nach Baseball. Ich hörte Baseballübertragungen sogar im Radio und schaute mir jedes Spiel im Fernsehen an. Alle Bücher, die ich las, handelten von Baseball. Ich nahm sogar Baseballkarten mit zur Kirche, um sie mit anderen Baseballfanatikern zu tauschen. Alles drehte sich immer nur um Baseball.

Ich spielte Baseball wann und wo ich konnte, sei es auf dem Spielfeld oder im Gelände. Ich spielte Ballauffangen mit meinem Bruder, meinem Vater und meinen Freunden. Und wenn es gar nicht anders ging, schlug ich Gummibälle von den Verandastufen und stellte mir dabei vor, dass mit mir und meiner Mannschaft wunderbare Dinge geschähen.

Mit dieser Haltung ging ich 1956 in die Saison der Jugendliga. Ich war Zwischenspieler* und weder besonders gut noch besonders schlecht, halt einfach nur verrückt nach Baseball.

Gordon war nicht süchtig nach Baseball und er war auch kein guter Spieler. Er war in jenem Jahr in unsere Nachbarschaft gezogen und dem Baseballclub beigetreten. Die freundlichste Art, Gordons Baseballtalent zu beschreiben, war, dass er keins hatte. Er konnte weder fangen noch schlagen noch werfen noch laufen.

In Wirklichkeit hatte Gordon Angst vor dem Ball.

* Spieler zwischen dem 2. und dem 3. Mal *(Anmerkung des Übersetzers)*

Ich atmete auf, als die Mannschaften aufgestellt wurden und Gordon einem anderen Team zugeteilt wurde. Jeder musste wenigstens die Hälfte eines Spiels spielen und ich konnte mir nicht vorstellen, dass Gordon die Gewinnchancen meiner Mannschaft in irgendeiner Weise positiv beeinflussen würde. Das andere Team konnte einem richtig Leid tun.

Nach zwei Wochen Spielzeit stieg Gordon aus. Meine Freunde in seiner Mannschaft lachten, als sie mir erzählten, dass ihr Trainer zwei der besseren Spieler beauftragt hatte, mit Gordon in den Wald zu gehen und sich mit ihm zu unterhalten. Aber ihr eigentlicher Auftrag bestand darin, ihn in Wald zu »verlieren«.

Und Gordon verirrte sich tatsächlich im Wald.

Diese Vorgehensweise verletzte meinen Sinn für Gerechtigkeit zutiefst, und so tat ich das, was jeder empörte Zwischenspieler getan hätte: Ich erzählte die ganze Geschichte meinem Trainer. Ich berichtete ihm den Ablauf in allen Einzelheiten und hoffte, dass er bei der Ligaaufsicht eine Beschwerde einlegen würde, sodass Gordon zu seiner Mannschaft zurückkehren konnte. Auf diese Weise wäre der Gerechtigkeit Genüge geleistet worden, und gleichzeitig hätten sich unsere Siegeschancen erhöht.

Aber ich irrte mich. Mein Trainer war der Ansicht, dass Gordon in einer Mannschaft spielen sollte, die ihn akzeptierte und ihm Respekt entgegenbrächte. Es müsste eine Mannschaft sein, die jedem eine faire Chance gäbe, seine eigenen Fähigkeiten einzubringen.

Gordon wurde Mitglied in meiner Mannschaft.

Es wäre schön, wenn ich nun berichten könnte, Gordon wäre ein großer Schlag in einem bedeutenden Spiel gelungen, aber das war nicht der Fall. Ich glaube, Gordon hat es noch nicht einmal geschafft, während der gesamten Spielzeit auch nur einen einzigen Ball zu treffen. Alle Baseballs, die in seine

Richtung (rechtes Feld) geschlagen wurden, gingen entweder über ihn oder an ihm vorbei oder durch ihn hindurch.

Dabei erhielt Gordon alle Unterstützung, die er brauchte. Der Trainer gab ihm zusätzliche Wettkampfpraxis und arbeitete mit ihm an der Verteidigung, aber alle Bemühungen blieben ohne Erfolg.

Ich weiß nicht, ob Gordon in diesem Jahr überhaupt irgendetwas von meinem Trainer gelernt hat. Ich weiß nur, dass ich viel von ihm gelernt habe.

Die wichtigste Lektion, die ich lernte, hatte nichts mit Baseball, sondern mit Charakter und Integrität zu tun. Ich lernte, dass jeder seinen Wert besitzt, egal wie viel Punkte sein Schlag erzielt. Jeder hat seinen eigenen Wert, unabhängig davon, ob er einen Ball stoppen kann oder sich umdrehen und ihm hinterherlaufen muss. Ich lernte, dass es wichtiger ist, richtig und fair zu handeln, als zu gewinnen oder zu verlieren.

Ich bin froh, damals in dieser Mannschaft gewesen zu sein, und ich bin meinem Trainer sehr dankbar. Ich war stolz, sein Zwischenspieler zu sein – und sein Sohn.

Chick Moorman

Ich liebe dich, Dad

Wenn Gott durch mich wirken kann,
kann er durch jeden wirken.

Franz von Assisi

Ich traf einen Mann, der nach Tampa zur Beerdigung seines Vaters gekommen war. Vater und Sohn hatten sich jahrelang nicht gesehen. Seinem Sohn zufolge war der Vater fortgegangen, als er – sein Sohn – noch ein Junge war. Sie hatten die ganze Zeit über wenig Kontakt, bis vor einem Jahr, als der Vater eine Karte zum Geburtstag schickte und schrieb, dass er seinen Sohn gern wieder sehen würde.

Nachdem der Sohn mit seiner Frau und seinen Kindern gesprochen und im Büro einen Blick auf seinen vollen Terminkalender geworfen hatte, fasste er vage ins Auge, seinen Vater in zwei Monaten zu besuchen. Er hatte vor, mit seiner Familie in den Schulferien hinunter nach Florida zu fahren. Er schrieb einen kurzen Brief und steckte ihn mit gemischten Gefühlen in den Briefkasten.

Sein Vater meldete sich sofort zurück. Sein Brief war auf einem linierten Blatt geschrieben, das aus einem Ringbuch, wie Schüler es benutzen, herausgerissen war. Auf ihm standen aufgeregte Worte in kaum lesbarer Schrift. Sie waren oft falsch geschrieben, und Grammatik und Zeichensetzung stimmten vorne und hinten nicht. Der Sohn schämte sich für seinen Vater und stellte schon fast den bevorstehenden Besuch in Frage.

Nun geschah es, dass seine Tochter sich der Cheerleadergruppe ihrer Schule angeschlossen hatte und zur Ausbildung in ein Ferienlager fuhr. Es begann ausgerechnet eine Woche nach Ferienbeginn, sodass die Reise nach Florida verschoben werden musste.

Sein Vater sagte, dass er dafür Verständnis habe, aber dann hörte der Sohn erst mal nichts mehr von ihm. Ab und zu ein kurzer Brief und ein gelegentliches Telefongespräch. Sie wechselten immer nur wenige Worte – von Seiten des Vaters hingemurmelte Sätze, Kommentare über »deine Mutter« und ein paar nebulöse Geschichten über seine Kindheit. Aber es reichte aus, hie und da Informationslücken zu füllen.

Im November erhielt der Sohn einen Anruf vom Nachbarn seines Vaters. Sein Vater sei mit Herzproblemen ins Krankenhaus eingeliefert worden. Der Sohn sprach mit der zuständigen Krankenschwester, die ihm versicherte, dass sein Vater nach einem Schlaganfall wieder wohlauf sei.

Auch sein Vater meinte: »Mir geht es gut, du brauchst nicht zu kommen. Der Arzt sagt, die negativen Auswirkungen seien nur geringfügig und ich könne übermorgen nach Hause gehen.«

Von nun an rief der Sohn seinen Vater täglich an. Sie unterhielten sich und lachten und sprachen davon, sich »bald« zu sehen. Zu Weihnachten schickte der Sohn dem Vater Geld, und der Vater schickte den Kindern kleine Geschenke und für den Sohn einen Füllfederhalter und ein Kugelschreiberset. Es war ein billiges Set, höchstwahrscheinlich bei einer Discountapotheke oder einem Gemischtwarenladen gekauft, und die Kinder legten die Geschenke ihres Opas beiseite, ohne sie groß zu beachten. Seine Frau jedoch erhielt eine wertvolle Spieldose aus Kristall. Überwältigt von diesem Geschenk drückte sie dem alten Mann ihre Dankbarkeit aus, als sie am Weihnachtstag miteinander telefonierten. »Sie gehörte meiner Mutter«, sagte der alte Mann, »ich möchte, dass sie jetzt dir gehört.«

Die Frau des Sohns schlug ihrem Mann vor, ihren Schwiegervater für die Weihnachtsferien einzuladen. Als sie es dann nicht taten, meinte sie: »Wahrscheinlich wäre es ihm hier sowieso zu kalt gewesen.«

Im Februar fasste der Sohn den Entschluss, seinen Vater endlich zu besuchen. Aber wie es der Zufall so wollte, musste sich die Frau seines Chefs einer Operation unterziehen, und der Sohn musste seinen Chef vertreten. Also rief er seinen Vater an, um ihm mitzuteilen, dass er wohl erst im März oder April nach Florida kommen würde.

Ich traf den Sohn am Freitag. Er hatte es endlich geschafft, nach Florida zu kommen. Er war hier, um seinen Vater zu Grabe zu tragen.

Er wartete schon, als ich am Morgen erschien, um die Tür zu öffnen. Er setzte sich in der Kapelle neben den Leichnam seines Vaters, der in einen hübschen blauen Nadelstreifenanzug gekleidet war und in einem dunkelblauen Metallsarg lag. Auf dem Deckel stand »Going Home«.

Ich bot dem Mann einen Schluck Wasser an. Er weinte. Ich legte meinen Arm um seine Schulter, und er brach schluchzend in meinen Armen zusammen. »Ich hätte früher kommen sollen. Es ist nicht gut, dass er allein war, als er starb.« Wir saßen bis zum späten Nachmittag zusammen. Er fragte mich, ob ich denn nichts mehr zu tun hätte. Ich verneinte.

Eigentlich hatte ich etwas anderes vor, aber ich spürte, dass er mich brauchte. Es war sonst niemand da, um seinem Vater die letzte Ehre zu erweisen, noch nicht einmal der Nachbar, von dem er sprach, und für mich waren es nur ein paar Stunden. Ich erzählte ihm, dass ich Student war und Golfprofi werden wollte. Er war Rechtsanwalt und lebte in Denver. Wann immer er es einrichten konnte, spielte er Golf. Er erzählte mir von seinem Vater.

An jenem Abend verabredete ich mich mit meinem Vater für den nächsten Tag zum Golfspielen. Bevor ich zu Bett ging, sagte ich zu ihm: »Ich liebe dich, Dad.«

Nick Curry III, 19 Jahre

Ich bin zu Hause

Frieden beginnt, genauso wie Nächstenliebe, zu Hause.

AUTOR UNBEKANNT

Es gibt Menschen, denen erst im Erwachsenenalter klar wird, was für eine glückliche Kindheit sie hatten. Ich hingegen wusste schon als Kind, dass meine Kindheit großartig war.

Erst später, wenn die Dinge nicht so gut liefen, musste ich mich an das Glück jener Tage erinnern, um den Weg zurück nach Hause zu finden.

Ich wuchs auf einer Farm in einer großen Familie auf. Es gab viel Liebe, viel Platz und viel zu tun. Gartenpflege und Heu machen, Ausreiten und die tägliche Arbeit im Haushalt – das Wort »langweilig« gab es in meinem Wortschatz nicht. Ich liebte alles, was ich tat, und es erschien mir nicht als Arbeit. Ein Gruppenzwang existierte nicht, denn die einzige »Gruppe«, zu der ich gehörte, waren all die Tiere auf der Ranch. Ich stand meiner Familie sehr nahe, und da wir weit draußen auf dem Land wohnten, blieben wir abends meist zu Hause. Nach dem Abendbrot spielten meine Brüder und Schwestern irgendwelche Spiele oder erzählten einander Geschichten. Wir lachten und hatten Spaß, bis es Zeit war, ins Bett zu gehen. Einzuschlafen war für mich nie ein Problem. Ich lauschte einfach dem Zirpen der Grillen und träumte von einem weiteren Tag auf der Farm. Dies war mein Leben, und ich wusste, dass ich glücklich war.

Als ich 12 Jahre alte war, ereignete sich ein tragischer Vorfall, der mein Leben für immer veränderte. Mein Vater erlitt einen schweren Schlaganfall und musste sich einer dreifachen Bypassoperation unterziehen. Die Diagnose lautete erbliche Herzschwäche, und für uns alle kam nun eine schreckliche Zeit. Die Ärzte rieten meinem Vater, seine Lebensumstände radikal zu verändern, und das bedeutete, kein Pferdetraining, kein Traktorfahren… kein Leben mehr auf einer Ranch. Uns war sofort klar, dass wir die Ranch nicht ohne ihn halten konnten, und so waren wir gezwungen, sie zu verkaufen und nach Westen zu ziehen. Ich ließ meine Verwandten, meine Freunde und das einzige Leben, das ich kannte, zurück.

Die trockene Luft in Arizona tat meinem Vater gut, und ich

gewöhnte mich an eine neue Schule, neue Freunde und einen neuen Lebensstil. Plötzlich verabredete ich mich mit Jungs und hing in Einkaufszentren herum. Ich musste mit allen Begleiterscheinungen eines Teenagerdaseins fertig werden. Obwohl vieles schwierig und fremd für mich war, war es gleichzeitig aufregend und spaßig. Ich lernte, dass Veränderung, auch wenn sie unerwartet kam, eine gute Sache sein konnte. Ich hatte zu dieser Zeit noch keine Ahnung, dass sich mein Leben noch einmal, und zwar gewaltig, verändern sollte.

Eines Tages wurde ich von einem Talentsucher aus Los Angeles angesprochen, der mich fragte, ob ich jemals daran gedacht hätte, Schauspielerin zu werden. Ich hatte nie daran gedacht, aber jetzt, da ich mit dieser Perspektive konfrontiert wurde, war mein Interesse geweckt. Nachdem ich eine Zeit lang darüber nachgedacht und mit Mom und Dad gesprochen hatte, kamen wir zu dem Entschluss, dass ich zusammen mit meiner Mutter für eine Weile nach L. A. ziehen würde, um die ganze Sache einmal auszuprobieren. Ich hatte keine Ahnung, auf was ich mich da einließ!

Zum Glück war meine Mutter von Anfang an dabei. Wir gingen an meine Schauspielerei wie an ein Abenteuer heran, und als meine Karriere in Schwung kam, wurde es für mich immer abenteuerlicher. Als die Fernsehserie *Beverly Hills, 90210* erfolgreich wurde, entschieden wir beide, meine Mutter und ich, dass es für sie an der Zeit war, nach Arizona und zum Rest der Familie zurückzukehren. Das kleine Mädchen von der Farm war zur erwachsenen Frau in der Großstadt geworden.

Ich liebte meine Arbeit von ganzem Herzen, und mein Erfolg war größer, als ich mir je erträumt hätte. Und dennoch – irgendetwas fehlte. Langsam breitete sich eine dunkle Leere in meinem Herzen aus und begann an meinem Glück zu nagen.

Ich versuchte herauszufinden, was mir fehlte. Ich arbeitete zunächst mehr, dann arbeitete ich weniger. Ich schloss neue Freundschaften und verlor den Kontakt zu alten Freunden. Nichts, was ich tat, konnte diese Leere füllen. Mir wurde klar, dass ich das Problem nicht lösen würde, wenn ich einfach weiter durch die Clubs ziehen oder auf endlose Partys gehen und ein Leben auf der Überholspur führen würde. Ich versuchte mich daran zu erinnern, wann ich am glücklichsten gewesen war und was mir wirklich etwas bedeutete. Schließlich wusste ich die Antwort. Mir war klar, was ich tun musste, um glücklich zu sein. Erneut stand mein Leben vor einer Veränderung.

Ich rief meine Mutter und meinen Vater an und gestand ihnen, wie sehr ich sie vermisste: »Ich brauche meine Eltern zurück. Ich kaufe hier draußen eine Ranch für uns und möchte, dass ihr nach Kalifornien zieht.« Mein Vater war nicht scharf darauf, wieder viel um die Ohren zu haben, aber ich versicherte ihm, dass es diesmal anders würde. Und so fingen wir an, nach einer Ranch außerhalb der Stadt zu suchen – einem Ort, an dem Tiere frei herumlaufen konnten und wo der Garten voller Gemüse war, das nur darauf wartete, frisch auf dem Tisch zu landen. Ein Ort, wo die ganze Familie Platz hatte und zu Besuch kommen konnte. Eine Zusammenkunft für die Ferien. Ein sicherer Hafen vor der Welt. Ein Ort, der so war wie der, an dem ich aufgewachsen war.

Eines Tages fanden wir ihn. Es war die perfekte Ranch, eingebettet in ein warmes und sonniges Tal. Mein Traum war Wirklichkeit geworden. Die dunkle Leere in mir begann sich aufzulösen, und ein Gefühl des Gleichgewichts und der Klarheit kehrte in meiner Seele zurück. Ich war zu Hause.

Jennie Garth
Schauspielerin, bekannt aus der Serie Beverly Hills, 90210

4

Über Liebe und Freundlichkeit

Freundlichkeit in Worten erzeugt Vertrauen.
Freundlichkeit im Denken erzeugt Tiefgründigkeit.
Freundlichkeit im Geben erzeugt Liebe.

Laotse

Tigress

Sei freundlich, denn allen anderen geht
es noch schlechter als dir.
PLATO

Ich weiß nicht genau, wie Jesse zu meiner Praxis gekommen ist. Er sah noch nicht alt genug für den Führerschein* aus, obwohl sein Körper anfing, in die Breite zu gehen, und er sich wie ein junger Mann bewegte. Sein Blick war direkt und offen.

Als ich ins Wartezimmer kam, streichelte Jesse liebevoll seine Katze durch das offene Türchen des Tragekorbs. Mit dem kindlichen Vertrauen eines Schuljungen hatte er seine kranke Katze gebracht, damit ich sie untersuchte.

Die Katze mochte etwa 15 Jahre alt sein und war sehr zierlich. Sie hatte eine schöne Gestalt, einen grazilen Kopf und war wunderbar gezeichnet. Ihr Name war Tigress (Tigerin), weil ihre Flecken und Streifen sowie ihr feuriges, strahlendes Gesicht in dem Kind die Vorstellung eines Tigers hervorrief.

Das Alter hatte das grüne Feuer in ihren Augen verglühen lassen. Sie waren stumpf geworden, aber Tigress selbst war noch eine elegante und selbstbewusste Katze. Sie begrüßte mich, indem sie ihren Kopf freundlich gegen meine Hand rieb.

Ich fing an Fragen zu stellen, um herauszufinden, was die beiden zu mir geführt hatte. Im Gegensatz zu vielen Erwach-

* In den USA kann man die Fahrerlaubnis schon mit 16 Jahren erhalten.

senen antwortete der junge Mann knapp und direkt. Bis vor kurzem habe Tigress noch einen normalen Appetit gehabt, dann aber habe sie plötzlich mehrmals am Tag gebrochen und nun fraß sie überhaupt nichts mehr, sondern zog sich zurück und war mürrisch. Außerdem habe sie ein Pfund verloren – was viel ist, wenn man insgesamt nur sechs Pfund wiegt.

Ich streichelte Tigress und sagte ihr, wie schön sie sei, während ich ihre Augen und ihr Maul untersuchte, ihren Herzschlag und ihre Lungen abhörte und ihren Bauch abtastete. Und dann fand ich die Ursache: ein längliches Geschwür im mittleren Unterleib. Tigress versuchte zaghaft, sich der Untersuchung zu entziehen. Sie mochte es nicht, dass die Geschwulst berührt wurde.

Ich schaute den erwartungsvollen Teenager und dann wieder die Katze an, die er höchstwahrscheinlich schon sein ganzes Leben lang hatte. Ich würde ihm sagen müssen, dass seine geliebte Katze einen Tumor hatte. Selbst wenn er chirurgisch entfernt würde, hätte sie wahrscheinlich nicht mehr länger als ein Jahr zu leben und bräuchte während dieser Zeit einmal wöchentlich eine Chemotherapie.

Alles würde sehr schwierig und teuer werden. Also musste ich ihm schonend beibringen, dass die Lebenserwartung seiner Katze nicht mehr hoch war. Ich schaute ihn an, wie er mir so ganz allein gegenübersaß.

Anscheinend sollte er die härteste Lektion lernen, die das Leben zu bieten hatte – dass jedes Lebewesen irgendwann einmal stirbt. Der Tod ist ein immer gegenwärtiger Teil des Lebens. Die erste Erfahrung mit ihm beeinflusst das weitere Leben. Es war offensichtlich meine Aufgabe, ihn bei seiner ersten Begegnung mit dem Tod zu begleiten. Ich wollte auf keinen Fall einen Fehler machen und riskieren, dass er am Ende völlig verängstigt war.

Es wäre einfach gewesen, diese Aufgabe seinen Eltern zu überlassen, aber als ich ihn ansah, konnte ich mich nicht so leicht aus der Verantwortung stehlen. Er ahnte, dass irgendetwas nicht stimmte, und ich konnte ihn nicht einfach ignorieren. Also sprach ich mit Jesse als rechtmäßigem Besitzer von Tigress und erzählte ihm, so behutsam ich konnte, was ich herausgefunden hatte und was es bedeutete.

Während ich sprach, wandte sich Jesse erschüttert von mir ab, damit ich sein Gesicht nicht sehen konnte. Aber ich sah, dass es angefangen hatte, sich zu bewegen, als er sich umdrehte. Um ihm ein wenig Privatsphäre zu lassen, setzte ich mich und wandte mich Tigress zu. Ich streichelte ihren wunderbaren Kopf und erörterte dabei mit Jesse die Alternativen: Ich könnte eine Gewebeprobe des Tumors entnehmen, sie zu Hause dahindämmern lassen oder sie einschläfern.

Jesse hörte mir aufmerksam zu und nickte. Er sagte, dass Tigress sich nicht mehr wohl fühlte und dass er sie nicht leiden lassen wollte. Ich spürte, wie sehr er selbst in diesem Moment litt. Die beiden vor mir zu sehen brach mir das Herz. Ich bot ihm an, seine Eltern anzurufen, um ihnen zu erklären, was los war.

Jesse gab mir die Nummer seines Vaters. Ich ging noch mal alles mit seinem Vater durch, während Jesse zuhörte und seine Katze streichelte. Dann ließ ich Vater und Sohn miteinander sprechen. Jesse lief ein paar Mal gestikulierend auf und ab. Seine Stimme stockte einige Male, aber nachdem er aufgelegt hatte, sah er mich mit trockenen Augen an und sagte, sie hätten entschieden, Tigress einzuschläfern.

Keine große Diskussion, kein Nicht-wahrhaben-Wollen, kein hysterisches Geschrei, sondern einfach nur die Akzeptanz des Unvermeidlichen. Dennoch sah ich, dass es ihm nicht leicht fiel. Ich fragte ihn, ob er die Katze über Nacht mit nach Hause nehmen wollte, um sich von ihr zu verabschieden, aber er entschied sich dagegen. Er wollte nur noch für ein paar Minuten mit ihr allein sein.

Ich ließ sie allein und schaute nach dem Barbiturat, mit dem ich Tigress in einen schmerzlosen Schlaf entlassen wollte. Ich konnte die Tränen nicht aufhalten, die mir übers Gesicht liefen. Ich litt mit Jesse, der so schnell und völlig auf sich gestellt ein Mann werden musste.

Ich wartete vor dem Untersuchungszimmer. Nach ein paar Minuten kam er heraus und meinte, er sei bereit. Ich fragte ihn, ob er bei ihr bleiben wolle. Er sah mich erstaunt an, und ich erklärte ihm, dass es oft besser sei zu sehen, wie friedlich das Einschläfern verlaufe, als sich anschließend immer wieder zu fragen, wie es wohl war.

Meine Worte leuchteten Jesse sofort ein, und so hielt er ihren Kopf und redete ihr gut zu, während ich ihr die Spritze gab. Sie schlief sanft ein, ihren Kopf wohl behütet in seinen Händen.

Das Tier wirkte ruhig und entspannt, es war der Junge, der jetzt das ganze Leid trug. »Fremdes Leid auf sich zu nehmen, damit der andere in Frieden ruhen kann«, sagte ich, »ist das schönste Geschenk, das du jemandem machen kannst.«

Er verstand und nickte.

Dennoch fehlte etwas. Ich hatte noch nicht das Gefühl, meine Aufgabe beendet zu haben. Ich erkannte plötzlich, dass ich immer noch einen Jungen vor mir hatte, obwohl er gerade mit so viel Würde und Stärke zum Mann geworden war.

Ich streckte meine Hände aus und fragte ihn, ob er in den Arm genommen werden wollte. Er wollte, und so nahm ich ihn lange in den Arm.

Judith S. Johnessee

Ein strahlend helles Herz

Das größte Geschenk machst du, wenn du einen Teil von dir selbst gibst.
RALPH WALDO EMERSON

Letztes Jahr, so um Halloween herum, wurde ich zu einem Fest der Organisation *Tuesday's Child* eingeladen. Diese Organisation hilft Kindern, die mit dem Aidsvirus infiziert sind. Da ich in einer TV-Show mitwirkte, wurde ich gefragt, ob ich Interesse hätte. Ich ging hin, weil ich mich von der Problematik angesprochen fühlte. Die meisten Kinder erkannten mich nicht als bekannte Persönlichkeit aus dem Fernsehen. Sie betrachteten mich als großes Kind, das gekommen war, um mit ihnen einen Tag lang zu spielen.

Auf dem Fest gab es viele unterschiedliche Stände. Einer zog besonders meine Aufmerksamkeit auf sich, weil sich dort alle Kinder versammelt hatten. Jeder, der wollte, konnte hier ein kleines quadratisches Bild malen. Später würden alle Quadrate zu einem großen Bild zusammengesetzt, das ein Mann erhalten sollte, der sich sehr für die Organisation eingesetzt hatte und jetzt in den Ruhestand ging.

Jedes Kind erhielt einen kräftigen Filzmalstift in einer leuchtenden Farbe und wurde aufgefordert, etwas Schönes für das große Bild zu malen. Als ich mir all die bemalten Quadrate ansah, entdeckte ich rosa Herzen und stahlblaue Wolken, wunderbare orangefarbene Sonnenaufgänge und farbenprächtige Blumen. Die Bilder waren alle positiv und fröhlich – außer einem.

Der Junge neben mir malte zwar auch ein Herz, aber es war dunkel, leer und leblos. Es hatte nicht die strahlenden Farben der anderen Herzen.

Zuerst dachte ich, er habe nur noch einen schwarzen Stift abbekommen, aber als ich ihn fragte, antwortete er, dass sein Herz diese Farbe hätte und sich dunkel anfühle. Ich fragte ihn nach dem Grund, und er erzählte mir, dass er sehr krank sei. Und nicht nur er sei ernsthaft krank, sondern auch seine Mutter. Er sagte, dass weder seine eigene Krankheit noch die seiner Mutter jemals besser würde. Er sah mir direkt in die Augen und sagte: »Niemand kann uns helfen.«

Ich erzählte ihm, dass er mir wegen seiner Krankheit Leid tue und ich gut verstünde, warum er so traurig sei. Ich könne sogar nachvollziehen, warum er sein Herz mit einem schwarzen Stift gemalt habe. Aber ich widersprach seiner Ansicht, dass jede Hilfe zwecklos sei. Andere Menschen mochten ihn und seine Mutter vielleicht nicht wieder gesund machen können – aber wir können uns gegenseitig in den Arm nehmen, was erfahrungsgemäß sehr hilft, wenn man traurig ist. Wenn er nichts dagegen habe, würde ich ihn gern in den Arm nehmen, sodass er spüren könne, was ich meine. Er sprang sofort auf meinen Schoß, und ich hatte das Gefühl, mein Herz zerspränge aus Liebe für diesen süßen kleinen Jungen.

Er blieb eine ganze Weile auf meinem Schoß sitzen, bis er schließlich heruntersprang, um sein Bild fertig zu malen. Ich fragte ihn, ob er sich nun besser fühle, worauf er nickte. Aber gleichzeitig meinte er, er sei noch immer krank und daran würde sich auch nichts ändern. Ich erzählte ihm, dass ich ihn verstünde. Traurigen Herzens ging ich weiter, entschlossen, mich seiner anzunehmen. Ich wollte alles tun, was mir möglich war, um zu helfen.

Als die Veranstaltung zu Ende ging und ich nach Hause gehen wollte, zupfte mich jemand am Ärmel. Ich drehte mich um und sah den kleinen Jungen mit einem Lächeln auf dem Gesicht. Er sagte: »Mein Herz verändert seine Farbe. Es wird heller … in den Arm genommen zu werden hilft wirklich.«

Auf dem Heimweg fühlte ich mein eigenes Herz und spürte, dass auch mein Herz strahlend hell geworden war.

Jennifer Love Hewitt
Schauspielerin, Party of Five

Das Geheimnis des Glücks

Wenn du geliebt werden willst, liebe selbst und sei liebenswürdig.
BENJAMIN FRANKLIN

Es gibt eine wunderschöne Geschichte über ein junges Waisenmädchen, das niemanden hatte, der es liebte. Eines Tages ging es über eine Wiese und war wieder einmal traurig und einsam, als es einen kleinen Schmetterling bemerkte, der sich jämmerlich in einem Dornbusch verfangen hatte. Je mehr der Schmetterling versuchte, sich zu befreien, desto tiefer drangen die Dornen in seine zerbrechliche Gestalt. Das junge Waisenmädchen befreite den Schmetterling vorsichtig aus seiner Gefangenschaft. Aber anstatt wegzufliegen, verwandelte sich der kleine Falter in eine wunderschöne Fee. Das Mädchen rieb sich ungläubig die Augen.

»Für das Mitleid, das du mit mir hattest«, sagte die gute Fee zu dem Mädchen, »hast du einen Wunsch frei, den ich dir erfüllen werde.«

Das kleine Mädchen dachte einen Moment lang nach und antwortete dann: »Ich möchte glücklich sein.«

Die Fee erwiderte: »Sehr gut«, lehnte sich zu ihm hinüber und flüsterte ihm etwas ins Ohr. Danach verschwand die gute Fee.

Als das kleine Mädchen größer wurde, gab es im ganzen Land niemanden, der glücklicher war. Jeder wollte das Geheimnis der glücklichen jungen Frau erfahren. Sie aber lächelte nur und sagte: »Das Geheimnis meines Glücks besteht darin, dass ich als kleines Mädchen auf eine gute Fee gehört habe.«

Als sie sehr alt geworden war und auf ihrem Totenbett lag, kamen all ihre Nachbarn zusammen, denn sie hatten Angst, dass sie sterben könnte, ohne ihr Geheimnis des Glücklichseins weiterzugeben. »Bitte, verrat uns dein Geheimnis«, flehten sie. »Erzähl uns, was die gute Fee gesagt hat.«

Die liebevolle alte Frau lächelte nur und sagte: »Sie erzählte mir, dass jeder Mensch, egal wie zufrieden er scheinen möge und wie jung oder alt, reich oder arm er auch sei, sich nach mir sehnt.«

The Speaker's Sourcebook

Ein Lächeln

Sie lächelte den traurigen Fremden an, und das Lächeln schien ihm gut zu tun. Er erinnerte sich an die Unterstützung durch einen Freund und schrieb ihm einen Dankesbrief.

Der Freund war von dem Dankschreiben so berührt, dass er im Restaurant ein großes Trinkgeld gab.

Die Kellnerin, überrascht von der Höhe des Trinkgeldes, setzte beim Spiel alles auf eine Karte.

Als sie am nächsten Tag ihren Gewinn abholte, gab sie die Hälfte einem Mann auf der Straße.

Der Mann auf der Straße war sehr dankbar, denn er hatte schon zwei Tage lang nichts gegessen.

Nachdem er seine Mahlzeit beendet hatte, ging er nach Hause auf sein kleines schäbiges Zimmer (und ahnte nicht, was ihn dort noch erwartete).

Auf dem Heimweg las er ein frierendes Hündchen auf, damit es sich bei ihm aufwärmen konnte. Der kleine Hund war sehr dankbar, der Kälte und dem Sturm entkommen zu sein.

Ausgerechnet in dieser Nacht fing das Haus an zu brennen.

Das Hündchen bellte Alarm. Es bellte so lange, bis das ganze Haus wach war, und rettete dadurch alle vor dem Schlimmsten.

Einer der Jungen, die gerettet wurden, wurde später Präsident.

Und all das wegen eines einfachen Lächelns, das keinen Pfennig gekostet hat.

Barbara Hauck, 13 Jahre

Mrs. Link

Ich war 18 und dabei, mich auf das College vorzubereiten. Da ich »abgebrannt« war, versuchte ich mir dadurch Geld zu verdienen, dass ich von Tür zu Tür ging und Bücher verkaufte. Ich schleppte mich gerade eine ruhige Straße mit alten Häusern hinunter. Als ich mich einem Tor näherte, kam mir eine große, stattliche Frau in den Achtzigern im Bademantel entgegen. »Da bist du ja endlich, Schätzchen. Ich habe schon auf dich gewartet. Gott meinte, du würdest heute kommen.« Mrs. Link brauchte dringend Hilfe in Haus und Garten, und ich war offensichtlich die Richtige für den Job. Außerdem wagte ich es nicht, mich mit Gott anzulegen.

Am nächsten Tag arbeitete ich sechs Stunden lang, härter als ich je zuvor gearbeitet hatte. Mrs. Link zeigte mir, wie man Blumenzwiebeln pflanzt, welche Blumen und welches Unkraut ausgerupft werden mussten und wo der Komposthaufen war. Zum Schluss mähte ich noch den Rasen mit einem uralten Rasenmäher. Als die Arbeit beendet war, lobte mich Mrs.

Link und überprüfte die Schneide des Rasenmähers. »Sieht so aus, als wärst du über einen Stein gefahren. Ich hole eine Feile.« Ich verstand schnell, warum alles, was Mrs. Link besaß, zwar uralt aussah, aber funktionierte, als sei es nagelneu. Für sechs Stunden Arbeit gab sie mir einen Scheck über drei Dollar. Das war 1978. Gott macht manchmal Spaß, stimmt's?

In der nächsten Woche putzte ich das Haus von Mrs. Link. Sie zeigte mir, wie ich den wertvollen Perser mit ihrem alten Staubsauger saugen musste. Und während ich ihre wunderschönen Schätze abstaubte, erzählte sie mir, wo überall auf der Welt sie diese gesammelt hatte. Zum Mittagessen dünsteten wir frisches Gemüse aus ihrem Garten. Wir hatten zusammen ein köstliches Essen und einen schönen Tag.

Einige Wochen lang war ich ihre Fahrerin, denn das letzte Geschenk von Mr. Link war ein funkelndes neues Auto. Als ich seine Frau kennen lernte, hatte das Auto bereits 30 Jahre auf dem Buckel, funkelte aber immer noch. Mrs. Link hatte keine Kinder bekommen können, aber ihre Schwester und ihre Nichten und Neffen lebten in der Nähe. Sie war bei ihren Nachbarn beliebt und kümmerte sich viel um öffentliche Angelegenheiten.

Anderthalb Jahre waren inzwischen vergangen, seit ich Mrs. Link zum ersten Mal getroffen hatte. Schule, Arbeit und Kirche beanspruchten immer mehr Zeit, und so sah ich Mrs. Link immer seltener. Ich fand ein anderes Mädchen, das ihr bei der Haus- und Gartenarbeit half.

Der Valentinstag stand bevor, aber da ich mal wieder völlig abgebrannt war, war die Liste derer, denen ich ein Valentinsgeschenk machen wollte, sehr kurz. Meine Mutter sah sich die Liste an und sagte: »Du solltest Mrs. Link auch ein Geschenk zum Valentinstag machen.«

Ich fragte ungläubig: »Warum? Mrs. Link hat eine große Familie, Freunde und Nachbarn und ist auch in der Gemeinde aktiv. Ich aber sehe sie immer seltener. Warum sollte Mrs. Link ausgerechnet von mir einen Valentinsgruß erwarten?«

Meine Mutter hörte nicht auf meine Worte, sondern bestand darauf, dass ich Mrs. Link auf meine Liste setzte.

Am Valentinstag überreichte ich Mrs. Link verlegen ein kleines Blumengebinde, über das sie sich sehr freute.

Einige Monate später besuchte ich Mrs. Link wieder. Mitten auf dem Rauchfang ihres Kamins im Wohnzimmer, das voll von schönen Dingen war, lag mein verwelktes Blumengebinde vom Valentinstag. Es war das einzige Geschenk zum Valentinstag, das Mrs. Link in diesem Jahr erhalten hatte.

Susan Daniels Adams

Ein Geschenk für zwei

Oft macht schon eine kleine freundliche Geste jemanden sehr glücklich.

Bree Abel

Es war genau das richtige Wetter, um sich die Innenstadt von Portland einmal genau anzuschauen. Wir waren eine Gruppe von Beratern, die ihren freien Tag hatten und sich vergnügen wollten. Die Sonne lud uns zu einem Picknick, und so ließen wir uns zur Mittagszeit in einem kleinen Park nieder. Wir teilten uns auf, sodass sich jeder das holen konnte, worauf er Appetit hatte. Nach ein paar Minuten wollten wir uns wieder auf dem Rasen treffen.

Meine Freundin Robby ging zu einem Imbissstand, und ich entschied mich, mit ihr zu gehen. Wir schauten dem Verkäufer zu, wie er einen perfekten Hot Dog machte, genauso wie Robby ihn haben wollte. Als sie ihr Essen bezahlen wollte, überraschte uns der Mann.

»Er ist mir nicht so gut gelungen«, sagt er, »sie brauchen deshalb nichts zu bezahlen. Sie haben Glück, dies ist mein tägliches Gratisexemplar.«

Wir bedankten uns und gingen zurück zu unseren Freunden im Park. Zusammen ließen wir es uns richtig schmecken. Aber als wir so aßen und redeten, fiel meine Aufmerksamkeit auf einen Mann, der nicht weit weg saß und uns beobachtete. Es war nicht schwer zu erkennen, dass er seit Tagen nicht geduscht hatte. Wieder einer dieser Obdachlosen, wie man sie überall in der Stadt sah, dachte ich. Mehr Aufmerksamkeit schenkte ich ihm nicht. Als wir mit dem Essen fertig waren, beschlossen wir, uns noch mehr von der Stadt anzusehen. Aber als ich mit Robby um Abfallkorb ging, um die Essenstüte wegzuwerfen, fragte mich jemand mit lauter Stimme: »Ist in der Tüte vielleicht noch etwas Essbares?« Es war der Mann, der uns beobachtet hatte. Ich wusste nicht, was ich sagen sollte. »Nein, ich habe alles aufgegessen.«

»Oh«, war seine einzige Antwort, aber in seiner Stimme lag überhaupt keine Scham. Er war offensichtlich hungrig und konnte es nicht mit ansehen, dass irgendetwas weggeworfen wurde. Auch schien er diese Frage nicht das erste Mal gestellt zu haben.

Ich hatte Mitleid mit dem Mann, wusste aber nicht, was ich tun sollte. Genau in diesem Moment sagte Robby: »Warte auf mich, ich bin gleich wieder da.« Ich sah, wie sie zum Imbissstand hinüberlief und einen Hot Dog kaufte. Wieder am Abfallkorb angekommen, gab sie dem Mann das Essen.

Als sie zu uns zurückkam, sagte Robby: »Ich gebe die Freundlichkeit, die mir selbst zuteil wurde, nur weiter.«

An diesem Tag lernte ich, dass Großzügigkeit nicht nur die beschenkte Person beglückt. Indem wir geben, lehren wir andere, ebenfalls zu geben.

Andrea Hensley

Worum es im Leben geht

Wichtig im Leben ist, wie wir miteinander umgehen.

HANA IVANHOE, *15 Jahre*

Während des ganzen Junior-Jahres auf der High-School habe ich mich auf die »Junior Overnight« gefreut, die den Junior-Mädchen an meiner Schule als gemeinsames Wochenende angeboten wurde. Hier konnten wir von unserem Leben erzählen und mit anderen über alles Mögliche sprechen, etwa über unsere Probleme in der Schule, mit den Freundinnen und den Jungs. Wir hatten ein paar sehr gute Gespräche.

Ich kam vom Wochenende nach Hause und fühlte mich großartig. Ich hatte viel über andere Menschen gelernt, was mir von Nutzen sein würde. So legte ich alle Blätter und Zettel, die ich während des Wochenendes erhalten hatte, in mein Tagebuch, wo ich vieles aufbewahrte, was mir wichtig war. Ohne groß nachzudenken, legte ich das Tagebuch auf meine Frisierkommode und hörte mit dem Auspacken auf.

Ich fühlte mich so gut nach dem Wochenende, dass ich voller Erwartung in die nächste Woche ging. Leider war diese eine einzige Katastrophe. Eine Freundin verletzte meine Gefühle, ich hatte Streit mit meiner Mutter und machte mir Sorgen um meine Noten, besonders in Englisch. Und obendrein machte ich mir Gedanken wegen des bevorstehenden High-School-Fests.

Ich weinte mich fast jeden Abend in den Schlaf. Ich hatte gehofft, das Junior-Wochenende hätte meine Nerven für eine Weile beruhigt und mir geholfen, mich vom Stress zu befreien. Aber anscheinend war die stressfreie Zeit nur von kurzer Dauer gewesen.

Am Freitagmorgen wachte ich mit schwerem Herzen auf und fühlte mich hundeelend. Außerdem war ich spät dran. Ich zog mich also schnell an und nahm dabei hastig ein Paar Socken aus der Schublade meiner Kommode. Als ich die Schublade mit einem Ruck wieder schloss, fiel mein Tagebuch von der Kommode, und sein Inhalt verteilte sich auf dem Boden. Ich kniete mich nieder, um alles wieder aufzusammeln, als mir ein Stück Papier ins Auge stach. Es stammte vom Leiter des Junior-Wochenendes. Ich öffnete das zusammengefaltete Blatt und begann zu lesen.

Im Leben geht es nicht darum, immer die höchste Punktzahl zu erreichen. Es geht nicht darum, wie viele Menschen dich anrufen und mit wem du verabredet bist oder nicht. Es geht nicht darum, wen du geküsst hast, welchen Sport du treibst oder welches Mädchen und welcher Junge dich gern hat. Es geht nicht um deine Schuhe oder deine Frisur oder deine Hautfarbe oder wo du lebst und wo du zur Schule gehst. Es geht überhaupt nicht um Noten, Geld, Kleidung oder Universitäten, die dich als Student aufnehmen oder nicht. Es geht im Leben nicht darum, viele Freunde zu haben oder allein zu sein, nicht darum, ob du beliebt bist oder nicht. Das alles spielt im Leben keine Rolle.

Aber es spielt eine Rolle, wen du liebst und wen du verletzt. Es spielt eine Rolle, wie du dich selbst siehst. Es geht um Vertrauen, Glück und Mitgefühl. Es geht darum, für deine Freunde einzustehen und innere Ablehnung durch Liebe zu ersetzen. Es geht im Leben darum, Neid und Missgunst zu überwinden und Vertrauen aufzubauen. Es geht um das, was du sagst, und das, was du meinst. Es geht darum, Menschen so zu sehen, wie sie sind, und sie nicht danach zu beurteilen, was sie haben. Am meisten aber geht es darum, das Herz von jemandem in einer Weise zu berühren, wie es vorher noch nie berührt worden ist. Um all das geht es wirklich im Leben.

An diesem Tag bestand ich meinen Englischtest. Ich hatte am Wochenende viel Spaß mit meiner Freundin und hatte das erste Mal den Mut, einen Jungen anzusprechen, den ich mochte. Ich verbrachte mehr Zeit mit meiner Familie und bemühte mich, meiner Mutter zuzuhören. Ich fand sogar ein tolles Kleid für das Fest und hatte eine wunderbare Zeit. Und all das geschah nicht zufällig oder wie durch ein Wunder. Ich hatte einfach das Gefühl in meinem Herzen und meine innere Haltung verändert. Ich hatte erkannt, dass ich manchmal nur tief Luft holen und mich an die Dinge im Leben erinnern musste, die wirklich von Bedeutung waren – wie zum Beispiel das, was ich auf meiner »Junior Overnight« gelernt hatte.

Ich bin nun in der Senior-Klasse und bereite mich auf das Senior-Wochenende vor. Das Stück Papier aber liegt immer noch in meinem Tagebuch, sodass ich es immer dann lesen kann, wenn ich mich daran erinnern möchte, um was es im Leben wirklich geht.

Katie Leicht, 17 Jahre

Erzählen Sie es für mich der ganzen Welt

Ich suchte meine Seele,
aber ich konnte sie nicht finden.
Ich suchte Gott,
aber er hat sich mir nicht gezeigt.
Ich suchte meinen Bruder
und fand alle drei.

VERFASSER UNBEKANNT

Es ist ungefähr 14 Jahre her, als sich die Studenten zur ersten Stunde meines Seminars »Die Grundlagen des Glaubens« in den Seminarraum drängten. An diesem Tag sah ich Tommy zum ersten Mal. Er kämmte gerade sein Haar, das weit über seine Schultern hinabhing. Auf den ersten Blick wirkte er seltsam – sehr seltsam.

Tommy sollte die größte Herausforderung für mich werden, denn er machte sich permanent darüber lustig, dass es einen bedingungslos liebenden Gott geben könnte. Nach der Abschlussprüfung am Ende des Seminars kam er auf mich zu und fragte mich mit leicht zynischem Unterton: »Glauben Sie, dass ich Gott jemals finden werde?«

»Nein«, sagte ich ohne irgendeinen Zweifel in meiner Stimme.

»Oh«, meinte er erstaunt, »ich dachte, darauf kommt es Ihnen an.«

Ich ließ ihn kurz aus dem Klassenraum gehen und rief ihm nach: »Ich glaube nicht, dass Sie ihn jemals finden werden, aber ich bin sicher, er wird Sie finden.« Tommy zuckte mit den Achseln und verschwand. Ich war ein wenig enttäuscht, dass er auf meine Äußerung nichts mehr erwiderte.

Später hörte ich erleichtert, dass er seinen Abschluss geschafft hatte. Aber dann kam die traurige Mitteilung: Tommy sei tödlich an Krebs erkrankt. Bevor ich ihn ausfindig machen konnte, kam er zu mir. Als er in mein Büro trat, war sein Körper schon sehr abgezehrt, und sein langes Haar war durch die Chemotherapie ausgefallen. Aber seine Augen strahlten, und seine Stimme war zum ersten Mal fest und entschlossen.

»Tommy! Ich musste oft an Sie denken. Ich habe gehört, dass Sie sehr krank sind«, platzte es aus mir heraus.

»Oh ja, sehr krank. Ich habe Krebs und wohl nur noch ein paar Wochen zu leben.«

»Sind Sie in der Lage darüber zu sprechen?«

»Ja, sicher. Was möchten Sie wissen?«

»Was für ein Gefühl ist es, erst 24 zu sein und zu wissen, dass man sterben wird?«

»Es könnte schlimmer sein«, antwortete er, »zum Beispiel 50 zu sein und zu glauben, es käme im Leben nur darauf an, genug Alkohol, Frauen und Geld zu haben.« Dann erzählte er mir, warum er gekommen war.

»Es war etwas, das Sie am letzten Unterrichtstag zu mir sagten. Ich hatte gefragt, ob Sie glaubten, dass ich jemals Gott finden würde, und Sie sagten Nein, was mich sehr überrascht hat. Dann sagten Sie: ›Aber er wird Sie finden.‹ Ich musste viel darüber nachdenken, obwohl meine Suche nach Gott zu jener Zeit nicht besonders stark war.«

»Nachdem die Ärzte den Klumpen aus meiner Leistengegend entfernt hatten und meinten, er sei bösartig, fing ich jedoch ernsthaft an, nach Gott Ausschau zu halten. Und als sich herausstellte, dass auch meine Organe befallen waren, begann ich, gegen die verschlossenen Himmelstore zu schlagen. Aber nichts geschah. Nun, eines Tages erwachte ich und anstatt weiterhin verzweifelt nach einer Art Botschaft zu suchen, hörte ich einfach damit auf. Ich kam zu dem Schluss, dass mich Gott und ein Leben nach dem Tod nicht wirklich interessierten.«

»Ich wollte die Zeit, die mir noch blieb, mit etwas Wichtigerem verbringen. Ich dachte an Sie und an Ihre Worte: ›Am traurigsten ist es, ein Leben ohne Liebe zu leben. Und fast genauso traurig ist es, wenn man diese Welt verlassen muss, ohne denen, die man liebt, gesagt zu haben, dass man sie liebt.‹ Also begann ich mit dem härtesten Fall: meinem Vater.«

Tommys Vater las gerade die Zeitung, als sein Sohn ihn ansprach.

»Dad, ich möchte gerne mit dir reden.«

»Nur zu, sprich.«

»Ich meine, es ist wirklich wichtig.«

Die Zeitung senkte sich ein paar Zentimeter. »Was gibt's?«

»Dad, ich liebe dich. Ich wollte nur, dass du das weißt.«

Tommy lächelte mich an, als er sich diesen Moment wieder ins Gedächtnis rief. »Die Zeitung flatterte zu Boden, und dann tat mein Vater zwei Dinge, die er nie zuvor getan hatte. Er umarmte mich und weinte. Wir redeten die ganze Nacht, obwohl er am nächsten Tag zur Arbeit musste.«

»Mit meiner Mutter und meinem kleinen Bruder war es einfacher«, fuhr Tommy fort. »Sie weinten mit mir und wir umarmten einander und erzählten uns Dinge, die wir jahrelang voreinander geheim gehalten hatten. Mir tat es Leid, dass ich so lange damit gewartet hatte. Da stand ich nun, im Angesichts des Todes, und fing eben erst an, mich gegenüber den Menschen zu öffnen, mit denen ich immer so eng zusammengelebt hatte.«

»Dann kam der Tag, an dem ich merkte, dass Gott da war. Er war nicht gekommen, als ich ihn darum gebeten hatte. Offensichtlich tat er die Dinge auf seine Weise und wann er sie für richtig hielt. Und Sie hatten vollkommen Recht – er hat mich sogar gefunden, als ich bereits aufgehört hatte, nach ihm zu suchen.«

»Tommy«, unterbrach ich ihn, »Sie machen da gerade eine ganz grundlegende Aussage. Sie sagen nämlich, dass man Gott nicht finden kann, wenn man ihn zum Privatbesitz oder zum schnellen Trost in einer Notsituation macht, sondern indem man sich der Liebe öffnet.«

»Tommy«, fügte ich hinzu, »kann ich Sie um einen Gefallen bitten? Würden Sie in meinen Kurs kommen und den Studenten das erzählen, was Sie mir gerade erzählt haben?«

Wir vereinbarten einen Termin, aber er konnte ihn nicht mehr einhalten. Natürlich endete sein Leben nicht mit seinem Tod, es veränderte sich nur. Er machte einen großen Schritt vom Glauben zur Anschauung. Er würde ein Leben finden, das wahrscheinlich viel schöner war, als ein menschliches Auge es je erblickt hatte oder der Geist es sich überhaupt vorstellen konnte.

Bevor er starb, hatten wir ein letztes Mal Gelegenheit, miteinander zu sprechen. »Ich schaffe es nicht mehr in Ihren Kurs zu kommen«, sagte er.

»Ich weiß, Tommy.«

»Werden Sie es ihnen erzählen? Werden Sie … es für mich der ganzen Welt erzählen?«

»Ja, Tommy, das werde ich tun.«

John Powell

Lass dich zuerst auf andere ein

Je mehr wir wissen, desto leichter vergeben wir.
Wer wirklich fühlt, fühlt mit allen lebenden Wesen.

MADAME DE STAËL

Craig war während des Studiums ein enger Freund von mir. Er brachte Energie und Leben in jeden Raum, den er betrat. Im Gespräch hörte er einem aufmerksam zu, was einem das Gefühl gab, wichtig zu sein. Alle liebten ihn.

An einem sonnigen Herbsttag saßen Craig und ich in unserer gewohnten Studierecke. Ich blickte aus dem Fenster und sah, wie einer meiner Professoren über den Parkplatz ging.

»Ihm möchte ich lieber nicht begegnen«, sagte ich.

»Warum nicht?«, fragte Craig.

Ich erzählte ihm, dass der Professor und ich im letzten Sommersemester nicht im Guten auseinander gegangen waren. Ich hatte ihm ein paar Dinge übel genommen und ihn im Gegenzug auch nicht gerade freundlich behandelt. »Und außerdem«, fügte ich hinzu, »mag der Typ mich nicht.«

Craig schaute auf die vorbeigehende Gestalt. »Vielleicht hast du alles nur in den falschen Hals gekriegt«, sagte er. »Vielleicht bist du derjenige, der sich abwendet – und du tust es, weil du Angst hast. Er denkt wahrscheinlich, dass du ihn nicht magst, und ist deshalb unfreundlich zu dir. Jeder Mensch mag die Menschen, die ihn auch mögen. Wenn du ihm zeigst, dass du an ihm interessiert bist, ist er auch an dir interessiert. Geh und rede mit ihm.«

Craigs Worte leuchteten mir ein. Ich lief also kurz entschlossen die Treppe hinunter zum Parkplatz und begrüßte meinen Professor freundlich. Als ich ihn fragte, wie seine Sommerferien gewesen waren, schaute er mich überrascht an. Und während wir in ein Gespräch vertieft zusammen weitergingen, stellte ich mir vor, wie sich Craig oben am Fenster darüber freute.

Craig machte mir ein einfaches Prinzip klar. Es war so einfach, dass ich mich wunderte, nicht selbst darauf gekommen zu sein. Wie die meisten jungen Menschen fühlte ich mich unsicher und fürchtete das Werturteil von anderen – dabei hatten die anderen Angst davor, wie ich *sie* bewertete. Von diesem Moment an sah ich in den Augen der anderen nicht mehr die Verurteilung, sondern ihr Bedürfnis nach Nähe und nach der Möglichkeit, etwas von sich mitzuteilen. Ich entdeckte eine Welt voller Menschen, die ich sonst gar nicht beachtet hätte.

Einmal zum Beispiel kam ich auf einer Bahnfahrt quer durch Kanada mit einem Mann ins Gespräch, den niemand beachtete, weil er, wenn er sprach, wie ein Betrunkener klang. Wie es sich herausstellte, hatte er einen Schlaganfall erlitten und befand sich auf dem Weg der Besserung. Er war jahrelang Lokomotivführer auf der Strecke gewesen, die wir gerade fuhren. Bis spät in die Nacht hinein erzählte er mir die Geschichte eines jeden Streckenabschnitts: Pile O'Bones

Creek, benannt nach tausenden von Büffelskeletten, die indianische Jäger dort zurückgelassen hatten; der legendäre Big Jack, ein schwedischer Gleisarbeiter, der 500 Pfund schwere Eisenbahnschienen hochheben konnte; ein Schaffner namens McDonald, der sich als Reisebegleiter ein kleines Kaninchen hielt.

Als die Morgensonne den Horizont färbte, nahm er meine Hand und schaute mir in die Augen. »Danke fürs Zuhören. Die meisten Menschen hätten sich nicht dafür interessiert.« Es war nicht notwendig, dass er sich bei mir bedankte, denn das Vergnügen war ganz auf meiner Seite.

An einer lauten Straßenecke in Oakland, Kalifornien, fragte mich eine Familie nach dem Weg. Es stellte sich heraus, dass sie von der einsamen Nordwestküste Australiens kamen. Ich fragte sie bei einer Tasse Kaffee über ihr Leben in Australien aus, und sie erzählten mir begeistert von riesigen Salzwasserkrokodilen »mit einem Rücken, so breit wie die Motorhaube eines Autos.«

Jede Begegnung wurde zu einem Abenteuer, jede Person zu einer Lektion des Lebens. Alle hatten genauso viele Träume und Zweifel wie ich. Und wenn man bereit war zuzuhören, hatte jeder eine einzigartige Geschichte zu erzählen.

Ein alter, stoppelbärtiger Hobo erzählte mir, wie er seine Familie zur Zeit der großen Depression in den Dreißigerjahren des vorigen Jahrhunderts dadurch ernährt hatte, dass er mit einer Schrotflinte in einen Teich geschossen und die verblüfften Fische von der Wasseroberfläche eingesammelt hatte. Ein Verkehrspolizist vertraute mir an, dass er seine Handzeichen von Stierkämpfern und Dirigenten abgeschaut hatte. Und eine junge Friseurin teilte mit mir die Freude, die sie empfand, als sie Patienten einer Privatklinik über eine neue Frisur lachen sah, die sie sich gerade hatten machen lassen.

Wie oft lassen wir uns die Gelegenheit, miteinander zu sprechen, entgehen. Das schüchterne Mädchen, der Junge mit der abgewetzten Kleidung – sie alle haben genauso interessante Geschichten zu erzählen wie du. Und wie du, wünschen auch sie sich, dass ihnen jemand zuhört.

Craig kannte dieses Geheimnis. Lass dich zuerst auf die anderen ein und stell ihnen erst dann Fragen. Das Licht, das du anderen schenkst, wird hundertfach auf dich zurückgeworfen.

Kent Nerburn

In jedem Frühjahr blüht der Flieder

Im Grunde genommen wollen wir alle nur geliebt werden.

JAMIE YELLIN, *14 Jahre*

Heute (und dies ist mein Stichwort zu seufzen) ist nicht gerade mein bester Tag. Ich habe das Gefühl, dass alles nur so an mir vorbeizieht, und vor allem die nächste Psychologiestunde macht mir Angst. Als letztes blödes Projekt des Jahres sollen wir ein Foto von uns selbst mitbringen, das eine wirklich glückliche Zeit in unserer Kindheit zeigt.

Das Problem war nicht, das richtige Foto zu finden – ich wusste sofort, welches ich mitbringen würde. Auf meinem Schreibtisch steht ein gerahmtes Bild, das von mir und meiner inzwischen verstorbenen Oma Sherrie gemacht wurde, als ich acht war. Es war Frühling und wir hatten zusammen eine lange Busreise zu einem Fliederfest unternommen. Wir haben den ganzen Nachmittag damit verbracht, mit geschlossenen Augen Fliederblüten zu beschnuppern. Das Foto hatte ein lustiger alter Mann gemacht, der uns witzige

Nachdruck mit Genehmigung von Malcolm Hancock.

Geschichten erzählte, als er uns am frühen Abend zur Bushaltestelle brachte. Wir haben ihn nie wieder gesehen, aber wenn ich mich so zurückerinnere, frage ich mich, ob er nicht ein Auge auf Oma Sherrie geworfen hatte.

Während ich darauf warte, dass die Mittagspause vorübergeht, schaue ich mir das Bild an und weiß, dass das Foto die Schönheit meiner Oma nicht wiedergibt – kurzes, schlichtes, silbernes Haar und große, leicht hervorstehende, braune Augen. Die Nase ist zu groß und die Stirn zu hoch. Meine Oma wirkt gedrungen und ein wenig pummelig. Neben ihr, ihre Hand fest umklammernd, bin ich eine kleinere und jüngere Ausgabe von ihr. Wir hatten sogar die gleichen zierlichen Füße und unvorstellbar lange Zehen. Hatten. Nun kann man nur noch über meine komischen Füße lachen, aber ich bin nie wieder jemandem begegnet, mit dem es so lustig war wie mit meiner Oma. Als sie vor zwei Jahren starb, ging mit ihr ein Teil meines Lebens.

Daher ist dies das einzige Bild, das ich mitbringen konnte. Ich kann keine Gelegenheit auslassen, um sie wieder ein wenig zurückzuholen und den Abdruck, den sie in meinem Leben hinterlassen hat, zu würdigen. Gleichzeitig war ich mir bewusst, dass nur sehr wenige Menschen, wenn überhaupt jemand, meine Geschichte schätzen würden.

Ich setze mich an meinen Tisch und bin froh, heil angekommen zu sein. Irgendwie fühle ich mich in großen Unterrichtsräumen unwohl. Wenn ich von Menschen umgeben bin, spüre ich mehr als sonst, wie groß die Entfernung zwischen uns ist. Ich habe niemanden, mit dem ich spazieren gehen oder mich über die normalen Dinge des Alltags austauschen kann. Ich sehe diese Menschen jeden Tag, und manchmal stoße ich auch gegen sie. Aber sie sind mir nicht vertrauter als irgendein Fremder auf der Straße. Wir schauen uns noch nicht einmal an.

Während die anderen ins Klassenzimmer strömen, sitze ich schon da, mit dem Bild auf meinem Schoß, und umschließe es mit den Händen. *Warum habe ich bloß kein anderes mitgebracht? Warum war ich mir so sicher, dass meine Worte alles erklären konnten?*

Die Lehrerin ging nach vorne vor die Klasse. Wir mögen einander nicht besonders. Sie mag lieber Schülerinnen, die nach der Stunde noch bleiben, um über ihre Freunde zu reden und sich über Strafarbeiten zu beschweren. Ich bleibe manchmal nach der Stunde da, um ihr Artikel über neue Behandlungsmethoden für Autismus zu zeigen. Ich wünschte, sie hätte mich gern, obwohl ich sie selbst auch nicht so annehmen kann, wie sie ist.

Sie bittet um Freiwillige, um mit der Präsentation der Fotos zu beginnen. Erwartungsvoll lächelt sie mich in der ersten Reihe an (wo könnte ich sonst auch sein?). Ich stehe auf, wie ein Freiwilliger aus dem Bilderbuch. Hinter mir ertönt eine Stimme:

»Ich wette, sie hat ein Bild von ihren ersten Enzyklopädiebänden mitgebracht.«

Nein, tut mir Leid, das hängt eingerahmt über dem Kamin.

Augen, all diese Augen, die mich gedankenlos anstarren.

»Dieses Bild zeigte meine Oma Sherrie und mich, als ich acht Jahre alt war. Sie nahm mich zu einem Fliederfest mit – einer Veranstaltung, die einmal im Jahr stattfand.«

Veranstaltung? Ich hätte besser ein anderes Wort gewählt.

»Sie hatten alle möglichen Arten von Flieder, seltene und bekannte Exemplare, rosafarbene, violette und weiße. Es war wunderbar.«

Was erzähle ich bloß für langweiliges Zeug?

Ich schaute hinunter auf das Foto. Die Frau und das Mädchen standen Hand in Hand vor einem großen Busch voller violetter Fliederblüten. Das Paar sah aus, als wollte es gleich losmarschieren und die Welt erobern – einfach nur zu zweit in ihren Wanderschuhen.

»Wenn ich dieses Bild anschaue, kann ich den Flieder fast riechen. Besonders jetzt im Frühling. Es war der perfekte Ausflug, und als wir wieder zu Hause waren, machte meine Oma für mich Spaghetti und erlaubte mir, Schokostreusel auf meine Eiscreme zu streuen…« Thema verfehlt. Ich verliere Zuhörer, die ich nie hatte.

»Aber wie ich schon sagte, äh, es war ein absolut gelungener Tag. Ich kann mich an keinen schöneren Tag seitdem erinnern. Als ich neun war, wurde meine Oma krank…« plötzlich spüre ich Tränen auf meinen Wangen. »…und ihr ging es nie wieder gut.« Zeit, um wegzurennen, zu flüchten, auf jeden Fall sich hinzusetzen.

Ich sank in meinen Stuhl und umklammerte das Bild. Kein Beifall. Die Lehrerin nahm sofort und allzu gut gelaunt jemand anderen an die Reihe. Die Stunde ist schnell vorbei, nachdem zehn oder zwölf Jahre vergangen sind. Ich entkomme in das wimmelnde Chaos auf dem Flur.

Ein wirklich miserabler Tag.

Aber, wie heißt es so schön, es kommt immer ein neuer Tag. In dieser Redewendung schwingt für mich auch mit, dass es keinen Sinn macht, den heutigen Tag hinter sich zu bringen, weil du es in weniger als 24 Stunden schon wieder tun musst.

Aber hier bin ich, am nächsten Morgen, an der Tür meiner Psychologieklasse, und fühle mich so, als ob ich gerade herausgekommen wäre. Ausgerechnet heute bin ich zu spät dran, da ich meine Mappe fallen lassen und ihren Inhalt weit verstreut habe. Alle schauen mich an. Am Tag zuvor hatte ich zwei wichtige Regeln verletzt. Ich habe nicht nur zu viel Emotionen gezeigt, sondern auch zu erkennen gegeben, dass mir etwas so Belangloses wie meine Großmutter am Herzen lag. Nun, an einem Tag bin ich unsichtbar und am nächsten Tag das Objekt öffentlicher Verachtung. Beides nicht gerade angenehme Lebenssituationen. Ich gehe zu meinem Tisch. Auf dem Sitz meines Stuhls steht eine Einkaufstüte aus Papier. In Erwartung einer stinkenden Schuluniform mit Tennisschuhen schaue ich flüchtig auf den Inhalt.

Oh, mein Gott. Ich fühle, wie meine Umrisse zerfließen.

Die Tüte ist voll von Fliederzweigen. Ihr Duft berührt meine Seele, und ich fühle sie mit einem Teil von mir, den ich für verwelkt und tot gehalten habe. *Bin ich noch in meinem wirklichen Leben?* Ich schaue auf (alle starren mich unverhohlen an – aber es muss einer von ihnen gewesen sein, ein sentimentaler Rebell, der nicht erkannt werden will). Aber wer?

Ich nehme die Papiertüte beiseite und setze mich. Die Lehrerin ist ärgerlich.

»Können wir endlich anfangen? Eure Präsentationen von gestern gehen mit in die Benotung ein …«

Zwischen den Blüten steckt ein kleiner Zettel. Auf ihm stehen nur zwei Sätze:

Wir werden unseren Platz in der Welt finden.
Bis dahin blüht in jedem Frühjahr der Flieder.

blue jean magazine

Der Kosmetikpinsel

Überall, wo ich hingehe, nehme ich meinen Kosmetikpinsel mit, für den Fall, dass ich mich überschminken muss, um mein wahres Ich zu verstecken.

Ich habe so große Angst, mich dir zu zeigen, Angst vor dem, was du tun wirst – dass du vielleicht lachst oder verletzende Dinge sagst. Ich habe Angst, dich zu verlieren.

Ich würde gerne all meine Farbschichten entfernen, um dir mein wahres und wirkliches Ich zu zeigen.

Aber ich möchte, dass du verstehst und dir Mühe gibst, das zu akzeptieren, was du siehst.

Wenn du also Geduld hast und deine Augen schließt, werde ich all meine Schichten ganz langsam entfernen. Bitte hab Verständnis dafür, dass es schmerzlich für mich ist, mein wirkliches Ich zu zeigen.

Jetzt habe ich alle Schichten entfernt.

Ich fühle mich nackt und kalt, und wenn du all das siehst und mich immer noch liebst, bis du ein wahrer Freund und Gold wert.

Dennoch hebe ich meinen Kosmetikpinsel auf und halte ihn in der Hand.

Ich möchte ihn griffbereit haben, wenn jemand mich nicht versteht.

Beschütze mich bitte, mein lieber Freund, und vielen Dank dafür, dass du mich wirklich liebst.

Aber lass mir bitte so lange meinen Kosmetikpinsel, bis auch ich mich liebe.

Bettie B. Youngs

5

Gemeinsam lernen

Das Leben hat mir beigebracht, nicht nur im Klassenzimmer, sondern überall zu lernen. Wo habe ich wohl klettern, schaukeln und springen gelernt? Und wo habe ich gelernt, mich mit meiner besten Freundin zu vertragen?

Jessie Braun, 18 Jahre

[illegible]

[illegible]

[illegible] Vorgang [illegible]

[illegible]

Eierlektionen

Jede Erfahrung ist nur so gut wie die Weisheit, die sich aus ihr ziehen lässt.
MARK TWAIN

Robby Rogers … meine erste Liebe. Und was für ein großartiger Kerl! Je mehr ich über ihn nachdenke, desto mehr Gründe fallen mir ein, um ihn so sehr zu lieben, wie ich es tat. Wir sind ein ganzes Jahr lang miteinander gegangen, was in der High-School eine sehr lange Zeit ist.

Ich erinnere mich nicht mehr an den Grund, warum ich an jenem Samstag nicht auf Nancys Party gewesen bin, aber Robby und ich hatten verabredet, uns nach der Party zu treffen. Er wollte um 10 Uhr 30 bei mir sein. Robby war immer sehr pünktlich, und daher bekam ich um 11 Uhr ein ungutes Gefühl. Ich wusste, irgendetwas stimmte nicht.

Am Sonntagmorgen weckte mich das Telefon. »Ich muss mir dir reden. Kann ich zu dir kommen?«

Ich wollte sagen: »Nein, du kannst nicht einfach vorbeikommen und mir erzählen, dass irgendetwas nicht mehr stimmt.« Aber stattdessen sagte ich: »Natürlich«, und legte den Hörer mit einem komischen Gefühl im Magen auf.

Meine Vorahnung bestätigte sich. »Gestern Abend bin ich mit Sue Roth zusammengekommen«, teilte mir Robby mit, »wir gehen jetzt miteinander.« Er fuhr fort mit dem, was gewöhnlich in solch einer Situation gesagt wird. »Ich bin so verwirrt. Ich würde niemals etwas tun, was dich verletzt, Kim. Ich werde dich immer lieben.«

Ich musste weiß geworden sein, denn ich spürte, wie mir das Blut aus dem Gesicht wich. Damit hatte ich nicht gerechnet, meine Reaktion überraschte mich. Ich bekam solch eine Wut, dass ich keinen zusammenhängenden Satz mehr herausbekam. Ich war so verletzt, dass ich nur noch den Schmerz in meinem Herzen fühlte, der sich in Zeitlupe zu bewegen schien.

»Komm schon, Kim, sei mir nicht böse. Wir können doch Freunde bleiben.«

Genau das waren die grausamsten Worte, die man jemandem sagen konnte, den man gerade fallen gelassen hatte. Ich hatte ihn sehr geliebt und jede Schwäche und Verletzlichkeit mit ihm geteilt – ganz zu schweigen von den vier Stunden, die ich im letzten Jahr täglich mit ihm verbracht hatte (nicht mitgezählt die endlose Zeit am Telefon). Am liebsten hätte ich mich auf ihn gestürzt und so lange auf ihn eingeschlagen, bis er sich genauso schrecklich fühlte wie ich. Stattdessen bat ich ihn zu gehen. Ich glaube, ich sagte noch etwas Sarkastisches wie: »Sue wartet auf dich.«

Ich setzte mich auf mein Bett und weinte stundenlang, aber nichts konnte meinen Schmerz stoppen, noch nicht mal eine ganze Packung Eiscreme, die ich versuchte aufzuessen. Ich spielte immer wieder unsere Lieblingslieder und quälte mich mit Erinnerungen an gute Zeiten und nette Worte. Nachdem ich durch mein grenzenloses Selbstmitleid fast krank geworden war, kam mir eine Idee.

Ich wollte Rache üben.

Meine Gedanken gingen in die folgende Richtung. Sue Roth ist – war – meine beste Freundin. Gute Freundinnen schmeißen sich nicht gleich an deinen Freund heran, wenn du mal nicht zur Stelle bist. Es war klar, dass sie dafür bezahlen musste.

Ich kaufte ein paar Eierpackungen und marschierte mit einigen Freundinnen direkt zu dem Haus, wo Sue wohnte. Eigentlich wollte ich nur meinem Ärger ein wenig Luft verschaffen, aber dabei blieb es nicht. Als wir ein offenes Kellerfenster fanden, warfen wir alle übrig gebliebenen Eier ins Haus. Die Bosheit des Ganzen wurde noch dadurch verstärkt, dass die Roths für drei Tage weggefahren waren!

Als ich abends im Bett lag, dachte ich über das, was ich getan hatte, nach. *Das ist gemein, Kim … wirklich gemein.*

Im Nu wusste die ganze Schule, was vorgefallen war. Robby und Sue waren jetzt zusammen *und* irgendjemand hatte ihr Haus, während sie weg war, mit Eiern beworfen *und* es war so schlimm, dass die Eltern jemanden von einer Reinigungsfirma holen mussten, um den Gestank wieder loszuwerden.

Kaum war ich von der Schule wieder zu Hause, erwartete mich schon meine Mutter. »Kim, das Telefon hat den ganzen Tag über geklingelt, und ich wusste nicht, was ich sagen sollte. Bitte sag mir, was vorgefallen ist. Warst du es?«

»Nein, Mom, ich war es nicht.« Ich fühlte mich elend, meine Mutter anzulügen.

Wutentbrannt lief sie zum Telefon, um Mrs. Roth anzurufen. »Hier ist Ellen. Hören Sie sofort auf, meine Tochter zu beschuldigen, Ihnen Eier ins Haus geworfen zu haben.« Ihre Stimme wurde dabei immer lauter, zum Schluss schrie sie die Mutter von Sue regelrecht an. »Kim würde so etwas *nie* tun, und ich möchte, dass Sie aufhören, den Leuten das Gegenteil zu erzählen!« Sie war nun nicht mehr zu halten. »Und überhaupt: *Ich möchte, dass Sie sich bei mir und meiner Tochter entschuldigen.«*

Mir gefiel, wie meine Mutter sich für mich einsetzte, aber leider sah die Realität anders aus. Meine Gefühle drehten sich im Kreis, und ich wusste, dass ich ihr die Wahrheit sagen musste. Ich gab meiner Mom ein Zeichen, mit dem Telefonieren aufzuhören.

Sie legte den Hörer auf und setzte sich an den Tisch. Sie wusste Bescheid. Ich weinte und erzählte ihr, wie Leid mir alles tat. Dann weinte auch sie. Mir wäre es lieber gewesen, sie wäre ärgerlich geworden, aber all ihren Ärger hatte sie schon auf Mrs. Roth abgeladen.

Ich rief Mrs. Roth an und sagte zu ihr, dass ich ihr all meine Ersparnisse vom Babysitten geben wolle, um für den Schaden aufzukommen. Sie akzeptierte mein Angebot, meinte aber, dass ich erst dann vorbeikommen sollte, wenn sie bereit sei, mir zu vergeben.

Mom und ich blieben bis spät in die Nacht hinein auf, wir redeten und weinten. Sie erzählte mir aus der Zeit, als ihr Freund sie mit ihrer Schwester sitzen ließ. Ich fragte sie, ob sie damals ihr eigenes Haus mit Eiern beworfen hatte, und sie lachte. Sie meinte, obwohl ich etwas getan hätte, was nicht in Ordnung war, würde sie am meisten ärgern, was Mrs. Roth am Telefon gesagt hatte. »Immerhin hat sie eine Tochter, die ihrer Freundin den Freund ausspannt. Doch darüber will sie nicht sprechen.«

Dann erzählte sie mir, wie schwer es manchmal ist, eine gute Mutter zu sein, weil man eigentlich alle anschreien möchte, die dem eigenen Kind Leid zufügen, und das natürlich nicht tun kann. Man muss sich zurückhalten und die Kinder ihre eigenen Erfahrungen machen lassen.

Ich erzählte meiner Mutter, wie unbeschreiblich gut es sich angefühlt hatte, als sie mich am Telefon verteidigte. Und als wir ins Bett gingen, erzählte ich ihr, wie sehr ich so einen Abend mit ihr genoss. Sie nahm mich daraufhin in die Arme und sagte: »Nun gut, wir können den nächsten Samstagabend wieder zusammen verbringen, und den darauf folgenden auch. Ich habe dir doch erzählt, nicht wahr, dass du für zwei Wochen Hausarrest hast?«

Kimberly Kirberger

Ein langer Weg zu Fuß nach Hause

Erfahrung ist ein gnadenloser Lehrer.
Aber nur durch sie lernst du wirklich.
C. S. Lewis

Ich bin im Süden Spaniens in einem kleinen Dorf namens Estepona aufgewachsen. Ich war 16, als mir mein Vater eines Morgens vorschlug, ihn nach Mijas zu fahren, einem abgelegenen Dorf in 30 Kilometer Entfernung. Die einzige Bedingung war, dass ich das Auto zur Inspektion in die nächste Werkstatt brächte. Da ich gerade erst den Führerschein gemacht und wenig Gelegenheit hatte, Auto zu fahren, willigte ich erfreut ein. Ich fuhr Dad nach Mijas und versprach ihm, ihn um 16 Uhr wieder abzuholen. Dann fuhr ich zur nächsten Werkstatt und ließ den Wagen dort stehen. Da ich einige Stunden Zeit hatte, ging ich in ein Kino. Die Filme zogen mich so in ihren Bann, dass ich völlig vergaß, auf die Uhr zu schauen. Als der letzte Film zu Ende war, sah ich auf mein Handgelenk. Es war sechs Uhr – ich war zwei Stunden zu spät!

Ich wusste, mein Vater würde sauer sein, wenn er erfuhr, dass ich im Kino gewesen war und mir Filme angeschaut hatte. Er würde mich bestimmt nie wieder fahren lassen. Also beschloss ich, ihm zu erzählen, dass ein paar Reparaturen am Auto notwendig gewesen waren und es deshalb länger als erwartet gedauert hatte. Ich fuhr zu der Stelle, wo wir uns treffen wollten, und sah Dad ungeduldig an einer Straßenecke auf mich warten. Ich entschuldigte mich für meine Verspätung und erzählte ihm, ich sei so schnell gekommen, wie ich konnte. Leider seien am Wagen ein paar größere Reparaturen notwendig gewesen. Ich werde nie vergessen, wie er mich daraufhin anschaute.

»Ich bin enttäuscht, dass du das Gefühl hast, mich anlügen zu müssen, Jason.«

»Was meinst du damit? Ich sage dir die Wahrheit.«

Dad blickte mir erneut in die Augen. »Als du nicht gekommen bist, rief ich in der Werkstatt an, um nachzufragen, ob es irgendwelche Probleme gäbe, aber man sagte mir, du hättest den Wagen noch nicht abgeholt. Ich weiß also, dass mit dem Wagen alles in Ordnung war.« Ein Gefühl der Schuld durchströmte mich, als ich meinem Vater den Kinobesuch und den wahren Grund für meine Verspätung gestand. Dad hörte mir nachdenklich, aber dennoch aufmerksam zu.

»Ich ärgere mich nicht über dich, sondern über mich selbst. Ich muss all die Jahre als Vater versagt haben, wenn du das Gefühl hast, mich anlügen zu müssen. Ich habe versagt, weil ich einen Sohn großgezogen habe, der noch nicht einmal in der Lage ist, seinem eigenen Vater die Wahrheit zu sagen. Ich werde zu Fuß nach Hause zurücklaufen und mir unterwegs Gedanken darüber machen, was ich die ganzen Jahre über falsch gemacht habe.«

»Aber Dad, bis nach Hause sind es 30 Kilometer, und es ist dunkel. Du kannst nicht nach Hause laufen.« Meine Proteste und Entschuldigungen sowie alle Einwände, die ich sonst noch vorbrachte, waren umsonst. Ich hatte meinen Vater im Stich gelassen und sollte eine der schmerzhaftesten Lektionen meines Lebens lernen. Mein Vater fing an, die staubige Straße entlangzulaufen. Ich sprang in den Wagen und fuhr hinter ihm her, in der Hoffnung, er würde es sich noch einmal anders überlegen. Die ganze Zeit über flehte ich ihn an einzusteigen und erzählte ihm immer wieder, wie Leid es mir tat. Er aber ignorierte mich einfach und ging schweigend weiter, in Gedanken versunken und schmerzerfüllt. 30 Kilometer lang fuhr ich hinter ihm her, mit einer Durchschnittsgeschwindigkeit von fünf Stundenkilometern.

Meinen Vater körperlich und emotional derart leiden zu sehen, war die unangenehmste und schmerzlichste Erfahrung, die ich je gemacht habe. Gleichzeitig war es die erfolgreichste Lektion, die ich erhielt. Ich habe meinen Vater seitdem nie wieder belogen.

Jason Bocarro

Die Kosten der Dankbarkeit

Ich war fast 13, und mein Vater machte samstags oft Ausflüge mit mir. Manchmal besuchten wir einen Vergnügungspark oder eine Bootsausstellung, am liebsten stöberte ich jedoch in Krämerläden, wo wir alte Elektrogeräte bewunderten. Ab und zu kauften wir auch etwas für 50 Cent – einfach nur um etwas mitzunehmen.

Auf dem Nachhauseweg hielt Dad häufig an einem Dairy Queen an, um für 10 Cent Eiskrem zu kaufen. Er tat das nicht immer, aber ziemlich oft. Ich konnte mich nicht darauf verlassen, sondern nur hoffen und beten, dass wir an einer bestimmten Straßenecke geradeaus zum Eisladen fuhren und nicht abbogen und mit leeren Händen zu Hause ankamen. Die Straßenecke bedeutete entweder Vorfreude auf etwas Leckeres oder Enttäuschung.

Einige Male hat mich mein Vater auf den Arm genommen, indem er den längeren Weg nach Hause genommen hat. »Ich fahre zur Abwechslung mal diesen Weg«, sagte er dann und fuhr am Dairy Queen vorbei, ohne anzuhalten. Es war ein Spiel, und da ich genug zu essen bekam, konnte ich mich eigentlich nicht beklagen.

An den schönsten Tagen fragte er mich in einem Ton, der die Frage neu und spontan erscheinen ließ: »Möchtest du eine Tüte Eiskrem?« Und ich antwortete dann immer: »Das klingt großartig, Dad!« Ich nahm immer Schokolade und er immer Vanille. Er gab mir 20 Cent, und ich rannte los, um das übliche Eis zu kaufen. Wir aßen es gewöhnlich im Auto. Ich liebte meinen Dad und ich liebte Eiskrem – es war der Himmel für mich.

An jenem denkwürdigen Tag waren wir wieder auf dem Weg nach Hause, und ich hoffte und betete, gleich den wunderbaren Klang seiner Frage zu hören. Und da hörte ich sie auch schon. »Wie wäre es heute mit einer Tüte Eiskrem?«

»Hört sich großartig an, Dad!«

Aber dann sagte er: »Hört sich für mich auch gut an, mein Sohn. Was hältst du davon, dass du heute mal bezahlst?«

20 Cent! 20 Cent! In meinem Kopf begann sich alles zu drehen. Ich konnte es mir leisten, denn ich bekam 25 Cent Taschengeld pro Woche und verdiente mir noch etwas durch Gelegenheitsjobs hinzu. Aber mein Vater hatte mir immer erzählt, wie wichtig es war, Geld zu sparen. Und wenn ich bezahlen musste, war Eiskrem keine gute Geldausgabe.

Warum begriff ich nicht, dass dies eine gute Gelegenheit war, um meinem überaus großzügigen Vater etwas zurückzugeben? Warum erinnerte ich mich nicht daran, dass er mir 50 Eiskremtüten gekauft hatte und ich ihm noch keine einzige? Alles, was ich denken konnte, war stattdessen »20 Cent!«.

In einem Moment egoistischer Undankbarkeit sagte ich jene unheilvollen Worte, die mir seitdem nicht mehr aus dem Ohr gingen: »Nun, in dem Fall möchte ich lieber doch kein Eis.«

Mein Vater sagte nur: »Okay, mein Sohn.«

Aber als wir um die Ecke bogen, um nach Hause zu fahren, bereute ich meinen Entschluss und bat ihn umzudrehen. »Ich zahle auch«, flehte ich ihn an.

Er aber sagte nur: »Ist schon in Ordnung, eigentlich brauchen wir gar kein Eis.« Er überhörte mein Betteln und fuhr uns nach Hause.

Ich fühlte mich egoistisch und undankbar. Mein Vater hingegen machte keine große Sache daraus und schien noch nicht mal enttäuscht zu sein. Er hätte nichts anderes tun können, um eine tiefere Wirkung bei mir zu erzielen.

Ich lernte, dass Großzügigkeit zwei Seiten hat und Dankbarkeit manchmal ein bisschen mehr kostet als einfach nur »danke schön.« An jenem Tag hätte mich die Dankbarkeit 20 Cent gekostet, und es wäre die beste Eiskremtüte gewesen, die ich je hatte.

Noch etwas möchte ich zum Schluss sagen. Als wir am nächsten Wochenende wieder einen Ausflug machten und an jener besagten Straßenecke vorbeikamen, sagte ich: »Dad, wie wär es heute mit einer Eiskremtüte? Ich zahle.«

Randal Jones

Mrs. Virginia DeView, wo sind Sie?

In jedem Leben gibt es Höhepunkte,
und die meisten kommen zu Stande,
weil andere uns ermutigen.
George Adams

Wir saßen kichernd und schwatzend im Klassenzimmer und unterhielten uns über die Neuigkeiten des Tages, wie zum Beispiel Cindy's lilafarbene Wimperntusche. Mrs. Virginia DeView räusperte sich und bat um Ruhe.

»Wir werden nun versuchen«, sagte sie lächelnd, »eure späteren Berufe herauszufinden.« Die ganze Klasse schien die Luft anzuhalten. Unsere Berufe? Wir starrten einander an. Wir waren doch erst 13 oder 14 Jahre alt. Diese Lehrerin hatte wohl nicht mehr alle Tassen im Schrank.

Genau in diese Schublade hatten die Kinder Virginia DeView gepackt. Sie trug ihr Haar zurückgekämmt in einem Knoten und hatte große Zähne, die aus ihrem Mund herausstanden. Auf Grund ihrer äußeren Erscheinung war sie immer ein leichtes Opfer für Gekichere oder gemeine Witze seitens der Schüler.

Außerdem machte es ihre Schüler oft wütend, dass sie Anforderungen an sie stellte. Den meisten von uns entging, was für eine gute Lehrerin sie war.

»Ja, ihr werdet alle über euren zukünftigen Beruf nachdenken«, sagte sie mit einem Glanz auf ihrem Gesicht – so als ob dieses Thema das Bedeutendste im ganzen Schuljahr wäre. »Ihr werdet eure zukünftige Karriere in allen Einzelheiten planen und führt alle ein Interview mit jemanden aus dem von euch gewählten Bereich. Außerdem sollt ihr einen mündlichen Bericht geben.«

Wir gingen alle verwirrt nach Hause. Wer weiß schon mit 13, was er später einmal werden will? Ich hatte nur vage Vorstellungen. Ich mochte Kunst, Singen und Schreiben. Aber in Kunst war ich schrecklich, und wenn ich sang, schrie meine Schwester: »Oh bitte, hör auf damit!« Es blieb also nur das Schreiben übrig.

Jeden Tag verschaffte sich Virginia DeView einen Überblick über unser Vorankommen. Wo standen wir? Wer wusste bereits, was er später einmal werden wollte? Schließlich hatten sich alle für irgendeinen Beruf entschieden. Meine Wahl fiel auf Zeitungsjournalismus. Ich musste also einen wahrhaften Zeitungsreporter aus Fleisch und Blut interviewen, und ich hatte schreckliche Angst davor.

Ich setzte mich vor ihn hin und konnte kaum sprechen. Er schaute mich an und fragte: »Hast du einen Bleistift oder einen Kugelschreiber dabei?«

Ich schüttelte den Kopf.

»Vielleicht ein Stück Papier?«

Ich schüttelte erneut den Kopf.

Und so erhielt ich in dieser für mich beklemmenden Situation meinen ersten großen Tipp als Journalistin: »Gehe niemals – wirklich niemals – irgendwohin, ohne Papier und Bleistift mitzunehmen, denn du weißt vorher nie, in was du hineingerätst.«

In den folgenden 90 Minuten erzählte er mir Geschichten von Raubüberfällen, Gewaltorgien und Bränden. Er würde niemals das tragische Feuer vergessen, in dem vier Familienmitglieder starben. Er meinte, er habe immer noch den Geruch von verbranntem Fleisch in der Nase.

Ich war so fasziniert, dass ich ein paar Tage später meinen mündlichen Bericht völlig frei vortrug. Für das gesamte Projekt bekam ich die Bestnote.

Als wir uns dem Ende des Schuljahres näherten, wollten ein paar nachtragende Schüler es Virginia DeView für die harte Arbeit, die sie ihnen abverlangt hatte, heimzahlen. Als sie gerade um eine Ecke bog, drückten sie ihr mit voller Kraft ein Tortenstück ins Gesicht. Körperlich wurde sie dadurch zwar nur leicht verletzt, aber emotional war sie zutiefst getroffen. Sie kam tagelang nicht zur Schule. Als ich von dem Vorfall erfuhr, verspürte ich ein zutiefst unangenehmes Gefühl im Magen. Ich schämte mich für mich und meine Mitschüler, die nichts Besseres zu tun hatten, als eine Frau anzugreifen, deren Aussehen ihnen nicht gefiel, anstatt ihre erstaunlichen Qualitäten als Lehrerin zu würdigen.

Im Laufe der Jahre vergaß ich alles über Virginia DeView und die Berufe, die wir uns ausgewählt hatten. Ich ging aufs College und entwickelte andere Berufsperspektiven. Mein Vater hätte mich gerne in der Geschäftswelt gesehen, was damals ein kluger Rat zu sein schien – nur war ich in keiner Weise geschäftstüchtig. Eines Tages erinnerte ich mich an Virginia

DeView und dass ich mit 13 den Wunsch gehabt hatte, Journalistin zu werden. Ich musste sofort meine Eltern anrufen.

»Ich wechsle mein Hauptfach«, verkündete ich.

Meine Eltern waren so verblüfft, dass sie zuerst gar nicht wussten, was sie sagen sollten.

»Und was wird dein neues Hauptfach sein?«, fragte mein Vater schließlich.

»Journalismus.«

Dem Klang ihrer Stimmen konnte ich entnehmen, dass meine Eltern mit meinem Entschluss nicht gerade glücklich waren, aber sie legten mir keine Steine in den Weg. Sie erinnerten mich bloß an die große Konkurrenz in diesem Geschäft und dass ich bislang jeder Konkurrenz aus dem Wege gegangen sei.

Es stimmte zwar, was sie sagten, aber der Journalismus bewegte etwas in mir, er lag mir im Blut. Er gab mir die Freiheit, auf völlig fremde Menschen zuzugehen und sie zu fragen, was los war. Er brachte mich dazu, Fragen zu stellen und Antworten zu erhalten, und zwar sowohl geschäftlicher als auch privater Natur. Er schenkte mir Zuversicht.

Seit 12 Jahren bin ich nun schon eine überaus zufriedene Reporterin und habe in dieser Zeit die unglaublichsten Dinge erlebt, von Geschichten über Mörder bis hin zu Flugzeugabstürzen. Inzwischen habe ich meine besonderen Stärken erkannt und schreibe am liebsten über ergreifende und tragische Momente im Leben von Menschen, weil ich das Gefühl habe, ihnen damit in gewisser Weise zu helfen.

Als ich eines Tages während der Arbeit den Telefonhörer in die Hand nahm, durchströmte mich eine unglaubliche Welle der Erinnerung. Hätte es nicht Virginia DeView gegeben, würde ich jetzt nicht hier an diesem Tisch sitzen.

Sie wird wahrscheinlich niemals erfahren, dass ich ohne ihre Hilfe keine Journalistin und Schriftstellerin geworden wäre. Ich würde irgendwo in der Geschäftswelt herumstolpern und jeden Tag unglücklich sein. Ich fragte mich, wie viele andere Schüler sonst noch von ihrem Berufsfindungsprojekt profitiert hatten.

Ich werde immer wieder gefragt, wie ich denn auf den Journalismus gekommen sei.

»Nun, wissen Sie, ich hatte da mal eine Lehrerin …«, fange ich dann immer an zu erzählen. Ich wünschte nur, ich könnte ihr für alles danken.

Ich glaube, wenn die Menschen an ihre Schulzeit zurückdenken, entdecken sie in ihrer Erinnerung ein verblasstes Bild von einem bestimmten Lehrer oder einer bestimmten Lehrerin – ihre persönliche Virginia DeView. Vielleicht können sie ihm oder ihr danken, bevor es zu spät ist.

Diana L. Chapmann

Was war falsch?

Mary war eine junge Lehrerin und lehrte in einem Reservat der Navajo-Indianer. Jeden Tag bat sie fünf Navajo-Schüler nach vorne an die Tafel, um eine einfache Rechenaufgabe aus ihrer Hausarbeit vorführen zu lassen. Aber immer standen die Schüler einfach nur schweigend da und weigerten sich, die Aufgabe zu lösen. Mary verstand nicht, warum sie das taten. Nichts, was sie während ihrer Ausbildung gelernt hatte, half ihr weiter, und auch in ihrer Lehrzeit in Phoenix hatte sie so etwas noch nie erlebt.

Was mach ich bloß falsch? Sollte ich zufällig fünf Schüler ausgewählt haben, die alle nicht in der Lage sind, die Aufgabe zu lösen? Mary wusste nicht weiter. *Nein, daran konnte es nicht liegen.* Schließlich fragte sie die Schüler selbst, warum sie sich so verhielten. Durch ihre Antwort lernte sie von ihren jungen

»Ich könnte mir vorstellen, dass Sie eher an einer Tätigkeit interessiert sind, in der Sie optisch voll zur Geltung kommen?!

Nachdruck mit Genehmigung von Dave Carpenter.

indianischen Schülern eine überraschende Lektion in Selbstachtung und Selbstwertgefühl.

Offensichtlich respektierten die Schüler gegenseitig ihre Individualität und wussten, dass nicht alle von ihnen in der Lage waren, die Aufgabe zu lösen. Obwohl sie noch sehr jung waren, empfanden sie schon die Sinnlosigkeit einer Situation im Klassenzimmer, in der es Gewinner und Verlierer gab. Sie glaubten, dass es für niemanden ein Gewinn war, wenn irgendein Schüler vorne an der Tafel vorgeführt und in Verlegenheit gebracht wurde. Also weigerten sie sich einfach, vor den Augen aller miteinander zu konkurrieren.

Nachdem Mary den Grund für ihr Verhalten verstanden hatte, veränderte sie ihre Vorgehensweise so, dass sie die Rechenaufgaben individuell überprüfen konnte, ohne dass irgendein Kind vor seinen Klassenkameraden bloßgestellt wurde. Alle waren begierig zu lernen – aber nicht auf Kosten von jemand anderem.

The Speaker's Sourcebook

Die ewigen Geschenke

In der düstersten Stunde wird die Seele wieder aufgefüllt und erhält die Kraft weiterzumachen und auszuharren.

Heart Warrior Chosa

»Stimmt das oder haben Sie es nur deshalb ans schwarze Brett gehängt, weil es einem sofort ins Auge springt?«

»Stimmt was?«, fragte ich, ohne von meinem Schreibtisch aufzuschauen.

»Der Satz, den sie aufgehängt haben: ›Wenn du es dir vorstellen kannst und daran glaubst, kannst du es auch erreichen.‹«

Ich schaute hoch und sah Paul direkt ins Gesicht. Ich kannte Paul, aber er war sicherlich keiner meiner besten Schüler.

»Weißt du Paul«, sagte ich, »Napoleon Hill, der Mann, der diese Worte geschrieben hat, hatte zuvor jahrelang die Lebensgeschichten von großen Männern und Frauen erforscht. Er entdeckte dabei, dass alle über ein zwar unterschiedliches, aber dennoch großes Vorstellungsvermögen verfügten. Jules Verne hat es ähnlich ausgedrückt, als er sagte: ›Alles, was der Geist eines Menschen sich vorzustellen vermag, kann der Geist eines anderen erschaffen.‹«

»Sie meinen, wenn ich eine Idee habe und wirklich daran glaube, kann ich sie auch verwirklichen?« Er fragte mit einer Intensität, die meine gesamte Aufmerksamkeit in Anspruch nahm.

»Meine eigene Erfahrung, alles was ich gesehen und gelesen habe, bestätigt mir, dass dies keine Theorie ist, sondern eine Gesetzmäßigkeit, die sich im Verlauf der ganzen Geschichte bewahrheitet hat.«

Paul vergrub seine Hände in den Gesäßtaschen seiner Jeans und ging langsam im Kreis. Dann drehte er sich um und schaute mich voller Eifer an.

»Mr. Schlatter«, sagte er, »ich war mein ganzes Leben lang ein ziemlich schlechter Schüler, und ich weiß, dass ich dadurch später viele Nachteile haben werde. Wenn ich mir vorstelle, dass ich ein guter Schüler wäre, und wirklich daran glaube … könnte dann sogar *ich* ein guter Schüler werden?«

»Natürlich, Paul. Aber bedenke Folgendes: Wenn du wirklich daran glaubst, handelst du auch danach. Ich glaube, in dir steckt eine Kraft, die dir sehr hilfreich sein wird, sobald du dich wirklich darauf einlässt.«

»Was meinen Sie mit ›wirklich darauf einlassen‹?«, fragte er.

»Es gibt da die Geschichte von einem Prediger, der aufs Land fuhr, um die Farm eines seiner Gemeindemitglieder zu besuchen. Überwältigt von der Schönheit dieses Ortes sagte er. ›Clem, du und der Herr, ihr habt hier beide einen wunderschönen Platz geschaffen.‹ ›Ich danke dir, Prediger‹, sagte Clem, ›aber du hättest das hier alles sehen sollen, als es dem Herrn noch allein gehörte.‹ Was will uns diese Geschichte sagen, Paul? Ich denke, die Kernaussage ist, dass Gott uns zwar das Brennholz gibt, wir aber diejenigen sind, die das Feuer anzünden müssen.«

Nach einem Moment angespannter Stille sagte Paul: »Also gut, ich mache es. Am Ende des Schuljahres werde ich ein B-Schüler* sein.«

Das Schuljahr hatte bereits vor fünf Wochen begonnen, und Pauls durchschnittliche Leistung lag bei D.

»Da hast du viel Arbeit vor dir, Paul, aber ich glaube, dass du erreichen kannst, was du dir vornimmst.« Wir mussten beide lachen, und dann verabschiedete sich Paul und ging zum Mittagessen.

Die nächsten 12 Wochen machte ich mit Paul eine der inspirierendsten Erfahrungen, die man als Lehrer überhaupt machen kann. Er stellte immer wieder intelligente Fragen und entwickelte dabei eine unstillbare Neugier. Sein neues Gespür für die Notwendigkeit von Disziplin äußerte sich auch in einem gepflegteren Erscheinungsbild und einer erfrischenden Zielgerichtheit in seinem Gang. Seine Durchschnittsnote verbesserte sich langsam, und je mehr Lob er für seine Leistungssteigerung erhielt, desto größer wurde sein Selbstwertgefühl. Zum ersten Mal in seinem Leben fingen

* Die durchschnittliche Bewertung auf der High-School geht von A-E und spiegelt den gesamten Leistungsstand in allen Fächern. *(Anmerkung des Übersetzers)*

andere Schüler an, ihn um Hilfe zu bitten. Paul entwickelte dabei eine liebenswerte und charismatische Freundlichkeit.

Schließlich kam der Tag, an dem er es geschafft hatte. An einem Freitagabend setzte ich mich hin, um eine wichtige Klausur über die amerikanische Verfassung zu korrigieren. Ich schaute mir Pauls Arbeit erst lange an, bevor ich meinen roten Stift zückte, um eventuelle Korrekturen vorzunehmen. Aber ich musste den Stift kein einziges Mal gebrauchen. Es gab absolut nichts an der Arbeit auszusetzen, sie war sein erstes A+. Durch diese perfekte Arbeit stieg sein Durchschnitt sogleich auf die Bewertung A/B. Paul hatte sein Ziel vier Wochen vor Ablauf der Frist erreicht. Aufgeregt erzählte ich meinen Lehrerkollegen von dieser unglaublichen Neuigkeit.

Am nächsten Samstagmorgen fuhr ich zur Schule, um mit unserem Schultheater das Stück *Verwirkliche deinen Traum* zu proben. Leichten Herzens fuhr ich auf den Schulparkplatz und wurde dort schon von Kathy, der besten Schauspielerin im Stück und einer engen Freundin von Paul, erwartet. Tränen strömten ihr übers Gesicht. Kaum war ich aus dem Auto ausgestiegen, kam sie auf mich zugerannt und fiel mir schluchzend in die Arme. Dann erzählte sie mir, was geschehen war.

Paul war bei einem Freund gewesen und sie hatten sich zusammen mit noch weiteren Freunden eine Sammlung »ungeladener« Gewehre angeschaut. Und wie Jungen nun mal sind, fingen sie an, Räuber und Gendarm zu spielen. Ein Junge zielte dabei mit einer »ungeladenen« Flinte auf Pauls Kopf und drückte ab. Paul war auf der Stelle tot.

Am Montag kam eine Hilfskraft und gab mir ein »Abmelde«-Formular, das ich für Paul ausfüllen sollte. Auf dem Blatt gab es ein Kästchen, in dem ich ankreuzen konnte, ob ich seine Klausur erhalten hatte. Neben dem Kästchen für die Note stand ein handschriftliches »unnötig«.

»Das sehe ich aber anders«, dachte ich und malte ein großes rotes B in das Kästchen. Ich kehrte dabei der Klasse den Rücken zu, sodass niemand meine Tränen sehen konnte. Paul hatte sich diese Note redlich verdient. Hier stand sie, aber Paul war nicht mehr da. Die neuen Klamotten, die er sich durch das Austragen von Zeitungen verdient hatte, hingen noch in seinem Schrank, aber Paul war nicht mehr da. Seine Freunde, seine Auszeichnungen und sein Footballpokal waren noch da, aber Paul war verschwunden. Warum nur?

Das Gute an tiefer Trauer ist, dass sie einen so demütig macht, dass man Zugang findet zu der grundlegenden, immer schon bestehenden Liebe, die uns niemals verlässt.

»Bau dir dauerhafte Behausungen, oh meine Seele.« Als mir die Worte dieses alten Gedichts in den Sinn kamen, wurde mir klar, dass Paul nicht alles zurücklassen musste. Meine Tränen versiegten, als ich mir vorstellte, dass Paul sich immer noch Ziele steckte, an sie glaubte und sie erreichte – jetzt auf der Grundlage seiner neu erworbenen Wissbegier, Disziplin, Zielgerichtetheit und Selbstachtung, jenen unsichtbaren Behausungen der Seele, die wir uns hier auf der Erde errichten.

Paul hatte uns einen großen Reichtum hinterlassen. Am Tage seiner Beerdigung rief ich die Schülerinnen und Schüler meines Theaterkurses vor der Kirche zusammen und verkündete, dass die Proben am nächsten Tag beginnen würden. Im Angedenken an Paul und all das, was er uns hinterlassen hatte, war es an der Zeit, den eigenen Traum zu verwirklichen.

Jack Schlatter

Ich bin …

In den Worten »Ich bin …« liegt eine große Kraft. Sei vorsichtig, welche Wörter du an diese beiden Worte hängst. Alles, was du zu sein meinst, kehrt zu dir zurück und bestimmt dich.
A. L. Kitselman

[Anmerkung der Herausgeber: Ist dir jemals aufgefallen, wie oft die Menschen einen fragen, was man macht, was man werden will oder was man nach der Schule vorhat? Hier ist die wahre Antwort für alle, die darunter leiden, dass das, was wir tun und vorhaben, scheinbar nichts Großartiges ist. Wir werden uns an diese Seite erinnern, wenn das nächste Mal jemand zu uns sagt: »Oh wirklich? Nun … es ist doch nicht schlimm, sein Geld in einer Imbissbude zu verdienen. Du solltest stolz darauf sein.«]

Ich bin Architekt: Ich baue ein solides Fundament. Mit jedem Schuljahr füge ich ein weiteres Stockwerk des Wissens und der Weisheit hinzu.

Ich bin Bildhauer: Ich haue meine Moral und meine Weltanschauung in den Stein der Tugend.

Ich bin Maler: Mit jeder Idee, die ich ausdrücke, füge ich der bunten Vielfalt der Welt einen neuen Farbklecks hinzu.

Ich bin Wissenschaftler: Jeden Tag erfasse ich neue Daten, mache wichtige Beobachtungen und experimentiere mit neuen Sichtweisen und Hypothesen.

Ich bin Astrologe: Ich betrachte und analysiere die großen Linien des Lebens sowie jeden Menschen, den ich neu kennen lerne.

Ich bin Astronaut: Ich erforsche und erweitere ständig meinen Horizont.

Ich bin Doktor: Ich wende mich allen zu, die mich um Konsultation und Rat bitten, und ich helfe allen scheinbar Leblosen, ihre Vitalität nach außen zu bringen.

Ich bin Rechtsanwalt: Ich habe keine Angst davor, für die Grundrechte einzutreten, die ich und alle anderen haben.

Ich bin Polizist: Ich kümmere mich um das Wohlergehen meiner Mitmenschen und helfe immer und überall, drohende Konflikte zu entschärfen und den Frieden zu wahren.

Ich bin Lehrer: Durch mein Beispiel lernen auch andere, sich zu entscheiden, ein Ziel zu verfolgen und hart an seiner Verwirklichung zu arbeiten.

Ich bin Mathematiker: Ich finde für alle meine Probleme die richtige Lösung.

Ich bin Detektiv: Ich schaue mir das Leben durch meine beiden Linsen an und versuche, seinem Mysterium auf die Spur zu kommen.

Ich bin Jurymitglied: Ich beurteile andere und ihre Situation erst, nachdem ich alles angehört und verstanden habe.

Ich bin Banker: Andere Menschen schenken mir ihr Vertrauen und ihre Werte und verlieren niemals das Interesse.

Ich bin Hockeyspieler: Ich achte auf die Menschen und gehe denen aus dem Weg, die meine Entwicklung blockieren.

Ich bin Marathonläufer: Ich bin voller Energie, immer in Bewegung und bereit für die nächste Herausforderung.

Ich bin Bergsteiger: Langsam, aber sicher folge ich meinem Weg zum Gipfel.

Ich bin Seiltänzer: Schritt für Schritt lasse ich selbst die schwierigste Zeit hinter mir und komme immer wohlbehalten ans Ziel.

Ich bin Millionär: Mein Reichtum ist Liebe, Offenheit und Mitgefühl, und ich bin reich an Erfahrung, Einsicht und Weisheit, die unbezahlbar ist.

Und am wichtigsten ist: Ich bin immer ich.

Amy Yerkes

Sparky

Sparky war in schulischen Dingen eine Niete. In der achten Klasse fiel er in jedem Fach durch! Auf der High-School bekam er in Physik null Punkte. Auch in Latein, Mathematik und Englisch fiel Sparky durch, und selbst im Sport ging es ihm nicht anders. Obwohl er es geschafft hatte, ein Schulgolfteam auf die Beine zu stellen, verlor er prompt das einzige wichtige Spiel der Saison. Das Spiel in der Trostrunde verlor er ebenfalls.

Während seiner ganzen Jugend war Sparky zurückhaltend und scheu. Er war nur deshalb nicht wirklich unbeliebt, weil sich keiner um ihn scherte. Wenn ein Klassenkamerad ihn außerhalb der Schulzeit grüßte, blickte er erstaunt auf. Niemand konnte sich vorstellen, dass er sich mit einem Mädchen verabreden würde. Sparky bat während seiner Zeit auf der High-School kein einziges Mal irgendein Mädchen, mit ihm auszugehen. Er hatte zu viel Angst davor, zurückgewiesen zu werden.

Sparky war ein Versager. Er selbst, seine Klassenkameraden – alle wussten es. Also lief er mit diesem Bewusstsein herum. Sparky war in seinen jungen Jahren der Ansicht, dass die Dinge schon ihren rechten Lauf nehmen würden. Und wenn nicht, fügte er sich in das, was seine unentrinnbare Mittelmäßigkeit zu sein schien.

Dennoch gab es eine Sache, die Sparky am Herzen lag – Zeichnen. Er war sogar richtig stolz auf seine Zeichenkünste, wenn auch niemand sonst sie würdigte. In seinem Senior-Jahr auf der High-School gab er dem Herausgeber des Jahrbuchs ein paar seiner Cartoons, aber sie wurden verworfen. Trotz dieses Misserfolgs war Sparky so von seinen Fähigkeiten überzeugt, dass er sich entschloss, die Kunst zu seinem Beruf zu machen.

Nachdem er die High-School hinter sich gelassen hatte, bewarb er sich bei den Walt Disney Studios. Er wurde aufgefordert, einige Kostproben seiner künstlerischen Arbeit einzureichen und einen vorgegebenen Cartoon zu zeichnen. Sparky zeichnete den Cartoon sehr sorgfältig und gab sich auch bei der Auswahl der anderen Zeichnungen große Mühe. Schließlich kam die Antwort von den Disney Studios. Wieder einmal war er abgelehnt worden. Erneut eine Niederlage für den Verlierer.

Schließlich begann Sparky, seine eigene Autobiografie in Cartoons zu zeichnen. Er beschrieb seine Kindheit – ein kleiner Junge auf der Verliererseite, dessen Leistungen immer hinter seinen eigentlichen Fähigkeiten zurückblieben. Diese Cartoonfigur wurde weltberühmt, denn Sparky, jener Junge, der in der Schule keinen Erfolg hatte und dessen Arbeiten immer wieder abgelehnt wurden, war Charles Schultz. Er erfand die Comicserie »Die Peanuts« mit ihrem kleinen Hauptdarsteller Charlie Brown, dessen Drachen niemals flog und der keinen Football richtig kicken konnte.

Earl Nightingale

Wenn ich damals bloß gewusst hätte …

Wir alle kennen Menschen, die immer sagen: »Wenn ich damals bloß gewusst hätte, was ich heute weiß …«

Haben wir diese Menschen jemals aufgefordert weiterzusprechen? Was würden sie heute anders machen?

Hier sind einige mögliche Antworten:

Ich würde mehr auf mein Herz hören.

Ich würde alles mehr genießen und mir weniger Sorgen machen.

Ich würde wissen, dass die Schulzeit schnell vorüber ist und im Berufsleben ganz andere Dinge zählen.

Ich würde mich nicht so sehr darum kümmern, was andere Leute denken.

Ich würde meine Vitalität und meine straffe Haut schätzen.

Ich würde alles leichter nehmen und mich weniger ärgern.

Ich würde wissen, dass es auf eine positive Einstellung zum Leben ankommt.

Ich wäre mir bewusst, wie sehr mich meine Eltern lieben und dass sie nur ihr Bestes geben.

Ich würde im Gefühl des »Verliebtseins« schwelgen und keine Gedanken an die Zukunft verschwenden.

»Ist doch egal, wenn meine Noten mies sind.
Du hast immer gesagt, es kommt nicht darauf an,
was man kann, sondern, wen man kennt.«

Ich würde nicht so an einer Sache hängen, sondern wissen, dass immer noch etwas Besseres kommt.

Ich hätte keine Angst davor, mich wie ein Kind zu verhalten.

Ich wäre tapferer.

Ich würde bei anderen auf die guten Eigenschaften schauen und mich darüber freuen.

Ich würde nicht nur deshalb die ständige Gesellschaft eines Menschen suchen, weil er oder sie besonders beliebt ist.

Ich würde tanzen lernen.

Ich würde meinen Körper so annehmen, wie er ist.

Ich würde meinen Freundinnen vertrauen.

Ich wäre eine vertrauenswürdige Freundin.

Ich würde niemals meinen Freunden trauen. (Ich mache nur Spaß.)

Ich würde das Küssen genießen, wirklich genießen.

Ich würde vieles mehr schätzen und wäre mit Sicherheit dankbarer.

Kimberly Kirberger

6

Geschichten über Leben und Tod

Jedes Mal, wenn du deine Angst überwindest, gewinnst du an Stärke, Mut und Selbstvertrauen. Du kannst dann zu dir selbst sagen: »Ich habe diesen Schrecken überstanden und werde auch mit dem, was als Nächstes kommt, fertig.«

Eleanor Roosevelt

Nur einen Drink

Nicht weit weg von der Stadt Boonville befindet sich neben dem Highway 128 ein kleines Holzkreuz. Wenn dieses Kreuz reden könnte, würde es dir diese traurige Geschichte erzählen:

Vor sieben Jahren war mein Bruder Michael auf der Ranch eines Freundes. Gegen Abend entschieden sich die Freunde, in die Stadt zu fahren, um dort etwas zu unternehmen. Als Joe eintraf, erklärte er sich bereit zu fahren – nach nur einem Drink.

In guter Stimmung fuhren die vier Freunde die kurvenreiche Strecke nach Boonville. Sie hatten keine Ahnung, dass sie dort niemals ankommen sollten, denn plötzlich gerieten sie auf die Gegenfahrbahn und rasten in ein entgegenkommendes Auto.

Zu Hause saßen wir in diesem Moment gerade vor einem warmen Feuer und sahen uns *E. T.* auf Video an. Danach gingen wir zu Bett. Um 2 Uhr nachts weckte ein Polizist meine Mutter mit den verheerenden Neuigkeiten. Michael war ums Leben gekommen.

Als ich am Morgen ins Wohnzimmer kam, saßen dort meine Mutter und meine Schwester und weinten. Ich war völlig verwirrt. »Was ist los?«, fragte ich und rieb mir den Schlaf aus den Augen.

Mom nahm einen tiefen Atemzug und sagte: »Komm mal her …«

So begann die grausame Reise durch das Tal der Tränen, wo alle Straßen im Nichts enden. Es tut immer noch weh, wenn ich mich an diesen Tag erinnere.

Das Einzige, was hilft, ist meine Geschichte zu erzählen und zu hoffen, dass du dich an sie erinnerst, wenn du gerade zu jemandem ins Auto steigen willst, der etwas getrunken hat – und wenn es auch nur ein Drink war.

Joe wählte die Straße ins Nichts. Er wurde wegen fahrlässiger Tötung zu einer Gefängnisstrafe verurteilt. Dennoch ist die wirkliche Strafe, mit den Konsequenzen seines Handelns leben zu müssen. Er hat uns einen Schmerz im Herzen hinterlassen, der niemals aufhört; einen Albtraum, der ihn – und uns – für den Rest des Lebens verfolgen wird. Und noch etwas hat er uns hinterlassen: ein kleines Holzkreuz neben dem Highway 128.

Chris Laddish, 13 Jahre,
in liebender Erinnerung an Michael Laddish

Der Tanz

In der Erinnerung war es erst gestern,
als wir unterm Sternenhimmel tanzten.
Für einen Moment war die ganze Welt in Ordnung.
Wie konnte ich ahnen,
dass du einmal nicht mehr da sein würdest.

[Refrain:]
Es ist nur gut, dass ich nicht wusste,
wohin das alles führen,
wie alles enden sollte.
Das Leben folgt seinen eigenen Gesetzen.
Auf den Schmerz hätte ich gern verzichtet,
aber nicht auf den Tanz.

Als du in meinen Armen lagst,
hatte ich das Gefühl, die ganze Welt zu umarmen.
War ich nicht König für einen Moment?
Wenn ich gewusst hätte,
wie tief der König fallen würde,
hätte ich vielleicht alles anders gemacht.

[Wiederholung des Refrains]

Das Leben folgt seinen eigenen Gesetzen.
Auf den Schmerz hätte ich gern verzichtet,
aber nicht auf den Tanz.*

Tony Arata

Ich bin doch erst 17

Panik hält mich gefangen. Ich bin ein Statist. Als ich hierher kam, fühlte ich mich sehr einsam. Ich war überwältigt von Trauer und hoffte, dass sich jemand um mich kümmern würde.

Aber niemand zeigte Mitgefühl mit mir. Ich sah nur tausende von Menschen, deren Körper genauso zugerichtet war wie mein eigener. Ich erhielt eine Nummer und wurde in die Kategorie »Unfallopfer« eingeordnet.

Der Tag, an dem ich starb, war ein ganz gewöhnlicher Schultag. Hätte ich doch bloß den Bus genommen! Aber mit dem Bus zu fahren war nicht cool. Ich erinnere mich noch,

* Der Tanz [The Dance] wurde geschrieben von Tony Arata.

wie ich mir das Auto von meiner Mutter erbettelte. »Nur heute, ausnahmsweise«, flehte ich sie an, »alle meine Freunde fahren mit dem Auto.« Als um 14.50 Uhr die Schulglocke läutete, schmiss ich meine Bücher in den Spind. Ich hatte bis zum nächsten Morgen frei! Ich lief zum Parkplatz und war ganz aufgeregt bei der Vorstellung, jetzt gleich Auto zu fahren und mein eigener Herr zu sein.

Wie der Unfall geschah, spielt keine Rolle, ich war einfach blöd und bin zu schnell und zu waghalsig gefahren. Aber ich genoss meine Freiheit und hatte Spaß. Das Letzte, woran ich mich erinnere, war eine alte Frau, die für mein Empfinden schrecklich langsam fuhr. Ich hörte ein Krachen und fühlte einen schrecklichen Stoß. Glas und Metall flogen um mich herum, und mein ganzer Körper wurde von innen nach außen gestülpt. Ich hörte mich schreien.

Plötzlich wachte ich auf. Es war sehr still. Ein Polizist stand über mir, und ich sah einen Arzt. Mein Körper war entstellt, und überall war Blut. Aus dem ganzen Körper ragten Glassplitter heraus. Komisch, dass ich keine Schmerzen hatte. Hey, hören Sie auf, mir das Laken über den Kopf zu ziehen! Ich kann gar nicht tot sein, ich bin doch erst 17. Ich habe heute Abend eine Verabredung. Außerdem habe ich bestimmt noch ein wundervolles Leben vor mir. Ich habe doch noch gar nicht richtig gelebt. Ich kann unmöglich tot sein!

Später wurde ich in ein ausziehbares Fach gelegt. Meine Familie kam, um mich zu identifizieren. Warum mussten sie mich in diesem Zustand sehen? Warum musste ich meiner Mutter in die Augen schauen, der gerade die schlimmste Feuerprobe in ihrem Leben bevorstand? Und Dad sah plötzlich so alt aus, als er sagte: »Ja, das ist unser Sohn.«

Die Beerdigung war richtig unheimlich. Ich sah alle meine Verwandten und Freunde auf den Sarg zukommen. Sie schauten mich mit den traurigsten Augen an, die ich je gesehen habe. Einige meiner engsten Freunde weinten. Ein paar Mädchen berührten meine Hand und schluchzten.

Hey, ihr da – weckt mich auf! Bringt mich hier raus! Ich kann es nicht ertragen, Mom und Dad so leiden zu sehen. Meine Großeltern sind vor Schmerz so schwach, dass sie kaum laufen können. Mein Bruder und meine Schwester wirken wie Zombies, sie bewegen sich wie Roboter. Als ob sie betäubt wären. Alle. Keiner glaubt, dass es wahr ist. Auch ich selbst kann es nicht glauben.

Bitte begrabt mich nicht! Ich bin nicht tot! Ich will noch viel erleben! Ich möchte wieder lachen und herumrennen. Ich möchte singen und tanzen. Versenkt mich bitte nicht in den Erdboden! Lieber Gott, wenn du mir noch eine Chance gibst, werde ich der vorsichtigste Fahrer auf der ganzen Welt sein. Bitte gib mir noch eine Chance. Bitte, lieber Gott, ich bin doch erst 17.

John Berrio

Goldmedaillengewinner

Im Frühjahr 1995 hielt ich an einer Mittelschule einen Vortrag über meine Lebensgeschichte. Nachdem das abgesprochene Programm beendet war, bat mich der Schulleiter, einen bestimmten Schüler zu besuchen. Dieser konnte aus Krankheitsgründen nicht zur Schule kommen, hatte jedoch großes Interesse bekundet, mich zu treffen. So willigte ich ein.

Während der 15 Kilometer langen Fahrt erfuhr ich einiges über Matthew. Er litt an muskulärer Dystrophie, einer Ernährungsstörung. Gleich nach seiner Geburt gaben ihm die Ärzte nur eine Lebenserwartung von 5 Jahren. Später meinten sie, er würde nicht älter als 10 Jahre werden. Matthew war inzwischen 13 und galt als großer Kämpfer. Er wollte mich kennen lernen, weil ich als Gewichtheber die Goldmedaille gewonnen hatte und wusste, wie man Hindernisse überwand und an seinen Träumen festhielt.

Ich habe mich mit Matthew über eine Stunde lang unterhalten. Nicht ein einziges Mal hörte ich ihn über sein Schicksal klagen. Er sprach nur von Gewinnen und Erfolg haben und davon, sich für seine Ziele einzusetzen. Offensichtlich wusste er, wovon er sprach. Er erwähnte mit keinem Wort, dass seine Klassenkameraden sich über ihn lustig machten, weil er anders war. Er sprach nur über seine Zukunftswünsche und dass er eines Tages zusammen mit mir Gewichte stemmen wollte.

Als unser Gespräch zu Ende war, holte ich aus meiner Aktentasche die erste Goldmedaille, die ich im Gewichtheben gewonnen hatte, und legte sie ihm um den Hals. Ich sagte zu ihm, dass er ein größerer Gewinner sei und mehr über den Erfolg und das Überwinden von Hindernissen wüsste als ich. Matthew schaute sich die Medaille einen Moment lang an, dann nahm er sie ab und gab sie mir zurück. Er sagte: »Rick, Sie sind ein Champion und haben diese Medaille wirklich verdient. Wenn ich eines Tages an der Olympiade teilnehme und meine Goldmedaille gewinne, werde ich sie Ihnen zeigen.«

Ein Jahr später erhielt ich einen Brief von Matthews Eltern, in dem sie mir mitteilten, dass ihr Sohn gestorben war. Sie wollten mir eine Mitteilung schicken, die Matthew noch kurz vor seinem Tod für mich verfasst hat.

Lieber Rick,
meine Mutter meint, ich soll mich bei Ihnen für das schöne Bild bedanken, das Sie mir geschickt haben. Leider muss ich Ihnen mitteilen, dass die Ärzte glauben, ich würde nicht mehr lange leben. Ich

kann kaum noch atmen und werde sehr schnell müde. Dennoch versuche ich, so viel ich kann zu lachen. Ich weiß, dass ich nie so stark werde wie Sie und dass wir niemals zusammen Gewichte stemmen werden.

Als Sie bei mir waren, habe ich Ihnen erzählt, dass ich an den Olympischen Spielen teilnehmen und die Goldmedaille gewinnen will. Leider werde ich das nicht mehr tun können. Aber ich weiß, dass ich ein Champion bin, und Gott weiß das auch. Er weiß, dass ich nicht so schnell aufgebe, und wenn ich im Himmel bin, wird mir Gott meine Goldmedaille geben. Wenn Sie später auch im Himmel sind, werde ich sie Ihnen zeigen. Vielen Dank für Ihre Liebe.

Ihr Freund,
Matthew

Rick Metzger

Desiderata

Bleib ruhig und gelassen, wenn um dich herum Lärm und hastiges Treiben herrschen und denk an den Frieden, der in der Stille liegt. Stell dich gut mit allen Leuten, ohne dich selbst dabei aufzugeben. Teile das, was du zu sagen hast, klar und deutlich mit. Und hör den anderen aufmerksam zu, auch den Unwissenden und Schwerfälligen, denn auch sie haben eine Geschichte zu erzählen.

Meide laute und aggressive Mitmenschen, sie tun dem Geist nicht gut. Vergleiche dich nicht mit anderen, denn es gibt immer welche, die besser oder schlechter sind als du. Genieße das, was du erreicht hast, und erfreu dich an deinen Plänen für die Zukunft.

Bleib immer an deinem beruflichen Werdegang interessiert, aber werde niemals hochmütig. Er ist eine reale Grundlage im wankelmütigen Spiel der Zeit. Sei vorsichtig in Geschäftsangelegenheiten, denn die Welt ist voller Betrügereien. Werde durch sie jedoch nicht blind für all die schönen Seiten des Lebens. Viele Menschen streben hohe Ideale an, und überall gibt es immer wieder außergewöhnliche Taten.

Sei du selbst und täusche niemals Zuneigung vor. Gehe mit Liebe aber auch nicht zynisch um, denn in Anbetracht all der Dürre und Ernüchterung ist sie beständig wie das Gras.

Höre freundlich auf den Rat, den dir die Jahre schenken, und lass die Dinge deiner Jugendzeit dankbar los. Stärke deine Geistesgegenwart, damit sie dich in unvorhergesehenen Situationen schützen kann. Aber quäl dich nicht mit negativen Vorstellungen. Viele Ängste entstehen aus Erschöpfung und Einsamkeit. Halte eine gesunde Disziplin ein und gehe vor allem sorgsam mit dir selbst um.

Du bist ein Kind des Universums, und genauso wie die Bäume und Sterne hast du das Recht, da zu sein und zu existieren. Und ob es dir bewusst ist oder nicht, das Universum geht seinen vorgezeichneten Weg.

Schließ daher deinen Frieden mit Gott, wer und was er auch immer für dich sein mag. Und verlier in deinem Mühen und Hoffen, in all der lärmenden Wirrnis des Lebens, niemals deine Seele.

Trotz all der Trugbilder, der Plackerei und der zerbrochenen Träume ist es immer noch eine schöne Welt. Strebe freudigen Herzens danach, glücklich zu sein.

Max Ehrmann

7

Wirklich etwas verändern

Große Gelegenheiten, anderen zu helfen, kommen nicht oft, aber die kleinen begegnen uns jeden Tag.

Sally Koch

Was ist Erfolg?

Was ist Erfolg?
Viel und oft zu lachen;
den Respekt von intelligenten Menschen
und die Zuneigung von Kindern zu gewinnen;
sich das Lob von ehrlichen Kritikern zu verdienen und den
Betrug falscher Freunde zu ertragen;
Schönheit würdigen zu können;
im anderen nur das Beste zu sehen;
die Welt in einem besseren Zustand zu verlassen,
sei es durch ein gesundes Kind, ein Stück Garten
oder ein gelöstes soziales Problem;
zu wissen, dass wenigstens ein Lebewesen es leichter hatte,
weil du gelebt hast;
dies alles bedeutet, erfolgreich gewesen zu sein.

Ralph Waldo Emerson

Sei vernünftig … bleib auf der Schule!

In der achten Klasse war ich Schulsprecher der Erwin-Mittelschule in Asheville, North Carolina. Ich betrachtete meine Aufgabe als eine Ehre, denn immerhin gab es über 1000 Schülerinnen und Schüler an der Schule. Am Ende des Schuljahres, als es um den Wechsel auf die High-School ging, sollte ich eine Rede auf der feierlichen Versetzungszeremonie meiner Klasse halten. Ich wusste, dass ich mich nicht auf die sonst üblichen kurzen Kommentare beschränken durfte, wie ich es normalerweise tat. Wir waren die Klasse, die ihren High-School-Abschluss im Jahr 2000 machen würde, und so wollte ich, dass auch meine Rede etwas Besonderes war.

Ich verbrachte schlaflose Nächte, um darüber nachzudenken, was ich sagen konnte. Ich hatte viele Ideen, aber keine bezog all meine Klassenkameraden mit ein. Eines Nachts kam mir dann schließlich der richtige Einfall. Die Erwin High-School hatte die höchste Abbruchrate im ganzen Bezirk. Gab es ein besseres Ziel für jeden Einzelnen von uns, als den High-School-Abschluss zu schaffen? Wäre es nicht toll, wenn ich meine Klasse dazu bringen konnte, die erste Klasse in der Geschichte des öffentlichen Schulsystems zu sein, in der keiner die High-School abbrach, sondern alle den Abschluss schafften? Wäre das nicht großartig?

Meine Ansprache auf der Feier dauerte nur 12 Minuten, aber was ich mit ihr bewirkte, war unglaublich. Als ich von der Herausforderung sprach, die erste Klasse zu werden, in der alle Schüler, die mit der High-School begonnen hätten, sie auch gemeinsam abschließen würden, brach das gesamte Publikum – einschließlich der Eltern, Großeltern und Lehrer – in Applaus aus. Ich zeigte ihnen ein Muster des Zeugnisses, das jeder erhalten würde, und alle waren begeistert. Am Ende meiner Rede standen alle auf und applaudierten. Ich hatte alle Mühe, die Haltung zu bewahren und nicht in Freudentränen auszubrechen. Mit so einer überwältigenden Reaktion auf meinen Vorschlag hätte ich nicht gerechnet.

Den ganzen Sommer lang arbeitete ich an der Entwicklung eines Programms, das unser Vorhaben in die Tat umsetzen sollte. Ich führte intensive Gespräche mit meinen Klassenkameraden und sprach auf öffentlichen Veranstaltungen. Ich erklärte unserem High-School-Direktor, dass ich gerne eine »Abbruchpatrouille« ins Leben rufen würde, die aus Schülern bestehen sollte, die bereit waren, anderen in Krisensituationen zu helfen. Ich sagte ihm, dass ich vorhatte, ein spezielle T-Shirt für all meine Klassenkameraden zu entwerfen. Es sollte verkauft werden, um Geld für die Veröffentlichung eines Klassenadressbuches zu verdienen. Abschließend schlug ich ihm vor, nach Ablauf jeden Schuljahres eine große Feier zu veranstalten, wenn bis dahin niemand abgesprungen war.

»Ich mach dir noch einen besseren Vorschlag«, erwiderte der Direktor. »Solange ihr keinen verliert, schmeiß ich eurer Klasse nach jeder Benotungsphase eine Party.« Das war ein tolles Angebot, denn Klausuren und Tests wurden alle sechs Wochen geschrieben, und das waren gerade mal 30 Schultage. Der Plan nahm allmählich Gestalt an.

Während des Sommers sprach sich unser Vorhaben herum. Ich gab Interviews im lokalen Radio- und Fernsehsender, und die Zeitung bat mich, eine Gastkolumne zu schreiben. Das Telefon stand nicht mehr still. Eines Tages meldeten sich sogar die CBS Nachrichten aus New York. Man sei auf meinen Zeitungsartikel gestoßen und wolle unsere Klasse in die Sendung *48 Hours* einladen. Ken Hamblin, ein amerikaweit bekannter Radiomoderator, stellte uns in seinem Programm *Ken Hamblin Talks with America* vor. Er lud mich in seine Show ein, damit ich unser Vorhaben dem ganzen Land vorstellen konnte. Die Dinge entwickelten sich wirklich erstaunlich, zumal ich meinen Klassenkameraden prophezeit hatte, dass wir die berühmteste Klasse Amerikas werden würden, wenn wir alle ohne Ausnahme den Abschluss schafften. Wir standen erst am Anfang und fanden bereits landesweite Beachtung.

Zum jetzigen Zeitpunkt haben wir die ersten 12 Wochen hinter uns. Unsere Abschlussversprechen hängen gegenüber dem Büro unseres Direktors. Neben ihnen befindet sich eine Vitrine, an der ein Metallblech befestigt ist, auf das wir eine große Sanduhr gemalt haben. Oben in der Sanduhr befinden sich bunte magnetische Punkte für die Anzahl der Tage, die wir noch in der High-School sind. Einige Mitglieder der »Abbruchpatrouille« betreuen die Sanduhr. Jeden Morgen wandert ein Punkt von oben nach unten. Auf diese Weise kann die ganze Klasse unser Vorwärtskommen beobachten. Als wir anfingen, befanden sich oben 720 Punkte, aber inzwischen sind 60 Punkte nach unten gerutscht und wir haben uns damit die zweite Party verdient. Es macht viel Spaß, die Bewegung der Punkte täglich zu verfolgen.

Wir stehen noch am Anfang einer schwierigen Reise, die vier Jahre dauern wird. Dennoch haben wir schon große Wirkung erzielt. Im letzten Jahr waren bis zu diesem Zeitpunkt 13 Kinder aus der Freshman-Klasse ausgeschieden. In diesem Jahr sind noch alle Schülerinnen und Schüler dabei, die ihr Versprechen gegeben haben, und die »Abbruchpatrouille« ist zur größten organisierten Schülergruppe der Schule herangewachsen.

Die Geschäftsleute unterstützen uns immer mehr, denn sie sehen, was ein Programm bewirken kann, das ausschließlich von Jugendlichen aufgestellt und umgesetzt wird. Es gibt mittlerweile Banken, Autohäuser, Möbelgeschäfte, Restaurants und viele andere Geschäfte, in denen wir für uns und unsere ganze Familie Rabatt bekommen, wenn wir uns als Mitglieder der »Abbruchpatrouille« ausweisen können. Andere schenken uns Spareinlagen und Werbeartikel, die wir dazu benutzen, um die Jugendlichen zu belohnen, die unser Programm unterstützen.

Die »Abschlussklasse 2000« der Erwin High-School möchte deine Klasse ermutigen, unserem Beispiel nachzueifern und ein ähnliches Programm zu starten. Wäre es nicht großartig, wenn der Jahrgang 2000 landesweit auf eine Abschlussrate von 100 Prozent käme? Wenn alle mitmachen, kann das durchaus gelingen.

Jason Summey, 15 Jahre

Ein mutiger Auftritt

Vor ein paar Jahren wurde ich Zeuge eines mutigen Auftritts, der mich wirklich beeindruckt hat.

Ich hatte in der High-School auf einer Veranstaltung über das Ausgrenzen von anderen gesprochen, und dass jeder die Möglichkeit habe, sich für andere einzusetzen anstatt über sie herzuziehen. Zum Schluss der Veranstaltung hatte jeder die Gelegenheit, nach vorne zu kommen und ins Mikrofon zu sprechen. Mehrere Schüler bedankten sich bei bestimmten Personen für ihre Unterstützung, und ein Mädchen dankte ein paar Freunden, die ihr bei familiären Problemen geholfen hatten. Ein Junge erwähnte mehrere Menschen, die ihn in einer schwierigen Zeit unterstützt hatten.

Dann ergriff ein Mädchen aus der Senior-Klasse das Mikrofon. Sie zeigte auf die Reihen der Sophomore-Schüler und forderte die ganze Schule heraus. »Ich finde, wir sollten damit aufhören, auf diesem Jungen dort herumzuhacken. Sicher, er ist anders als wir, aber wir sitzen hier alle in einem Boot. Im Innern unterscheidet er sich nicht von uns und er braucht unseren Respekt, unser Mitgefühl und unsere Liebe. Er braucht uns als Freunde. Warum behandeln wir ihn immer so gemein? Ich fordere hiermit die ganze Schule auf, freundlich ihm gegenüber zu sein und ihm eine Chance zu geben.«

Während sie sprach, saß ich mit dem Rücken zu dem Jungen, den sie meinte, hatte aber keine Ahnung, wer es sein könnte. Alle anderen jedoch schienen es offensichtlich zu wissen. Ich hatte fast Angst, zu ihm hinüberzuschauen, denn ich dachte, er wäre ganz rot im Gesicht und würde am liebsten in seinem Stuhl versinken und sich vor der Welt verstecken. Aber als ich mich umschaute, sah ich einen Jungen mit einem breiten Lächeln. Er wippte mit dem ganzen Körper auf und ab und streckte eine Faust in die Luft. Seine Körpersprache sagte: »Danke, vielen Dank. Sprich nur weiter, du hast mir heute das Leben gerettet.«

Bill Sanders

Lass dein Licht leuchten

Wer Sonne in das Leben anderer bringt, kann sie aus seinem eigenen nicht fern halten.

JAMES M. BARRIE

Vor mehr als drei Jahrzehnten war ich Schüler der Sophomore-Klasse auf einer großen High-School in Südkalifornien. Die 3200 Schülerinnen und Schüler dieser Schule waren ein ethnischer Schmelztigel. Die Lebensbedingungen waren hart. Messer, Rohrstangen, Ketten, Schlagringe und hier und da eine selbst gebastelte Pistole waren nichts Ungewöhnliches. Fast täglich gab es Raufereien und Kämpfe zwischen den Jugendbanden.

Nach einem Footballspiel im Herbst 1959 verließ ich zusammen mit meiner Freundin die Zuschauerbänke. Während wir uns durch die Menge drängten, stieß mich jemand von hinten an. Ich drehte mich um und erkannte die örtliche Jugendbande, die mit Schlagringen bewaffnet war. Der erste Schlag brach mir sofort das Nasenbein, aber das war nur einer von mehreren Knochen, die mir während der Schlägerei gebrochen wurden. Die Fäuste kamen aus allen Richtungen, als die 15 Bandenmitglieder mich umzingelten. Weitere Verletzungen, eine schwere Gehirnerschütterung, innere Blutungen. Ich musste sofort operiert werden. Der Arzt meinte, wenn ich nur einen Schlag mehr auf den Kopf erhalten hätte, wäre ich wahrscheinlich nicht mehr am Leben. Zum Glück ließen sie wenigstens meine Freundin in Ruhe.

Nachdem ich körperlich wieder gesund war, kamen einige Freunde zu mir und meinten: »Lasst es uns den Typen heimzahlen!« Das war der übliche Weg, auf dem Probleme »gelöst« wurden. Wer angegriffen wurde, verspürte einen starken Drang, die offene Rechnung zu begleichen. Ein Teil von mir sagte also »Ja!« Rache war süß und ganz klar eine Möglichkeit.

Aber ein anderer Teil von mir hielt inne und sagte Nein. Rache bewirkt nichts. Die Geschichte hat immer wieder bewiesen, dass Konflikte durch Vergeltungsmaßnahmen nur verstärkt wurden. Wir mussten uns anders verhalten, um die verhängnisvolle Kettenreaktion zu durchbrechen.

Zusammen mit verschiedenen ethnischen Gruppen gründeten wir ein »Komitee der Brüderlichkeit«, das sich für die Verbesserung der Beziehungen zwischen den Gruppen einsetzte. Ich war erstaunt, wie groß das Interesse unserer Mitschüler war, an einer besseren Zukunft mitzuarbeiten, obwohl es auch einige gab, die alles beim Alten lassen wollten. Auch wenn ein paar Schüler, Lehrer und Eltern sich unserem kulturübergreifenden Austausch aktiv widersetzten, beteiligten sich immer mehr Personen an dem Versuch, einen positiven Umschwung zu erzielen.

Zwei Jahre später bewarb ich mich für das Amt des Schulsprechers. Und obwohl ich gegen zwei Freunde kandidierte, der eine ein Footballheld und der andere ein allseits bekannter und beliebter Schüler, entschied sich die große Mehrheit der 3200 Schüler für mich, denn sie wollten, dass sich etwas veränderte. Ich kann nicht behaupten, dass die Rassenprobleme völlig verschwunden wären. Aber wir erzielten immerhin einen gewaltigen Fortschritt dadurch, dass wir Brücken zwischen den Kulturen bauten und lernten, miteinander zu sprechen und zu den verschiedenen ethnischen Gruppen Beziehungen herzustellen. Wir lösten Meinungsverschiedenheiten auf gewaltfreie Weise und schufen so eine Vertrauensgrundlage. Es ist erstaunlich, was geschieht, wenn Menschen einfach nur miteinander reden.

Das Opfer des Angriffs einer Jugendbande gewesen zu sein, war sicherlich einer der schlimmsten Augenblicke in meinem Leben. Was ich jedoch daraus gelernt habe, nämlich nicht mit Hass, sondern mit Liebe zu reagieren, hat sich zu einer mächtigen Kraft in meinem Leben entwickelt. Es kommt darauf an, dass wir unser Licht in der Gegenwart von Menschen leuchten lassen, deren Licht kaum erkennbar ist. Nur das hilft uns weiter.

Eric Allenbaugh

Das reifste Verhalten, das ich je gesehen habe

Alle Schüler der Monroe High-School wussten darüber Bescheid. Niemand tat es. Niemand.

Die Mittagspause verlief auf der Monroe High-School immer auf die gleiche Weise. Sobald die Glocke, die den morgendlichen Unterricht beendete, zu läuten anfing, schwärmten die Schüler aus dem Klassenraum zu ihren Schließfächern. Wer nicht in der Cafeteria aß, ging mit seinem Lunchpaket auf den Schulhof. Der Schulhof war ein großes baumloses Quadrat aus Beton und lag genau in der Mitte des Schulgeländes. Er war der Platz, wo man sich traf und aß.

Um den Schulhof herum versammelten sich die unterschiedlichen Schulcliquen. Die Raucher auf der Südseite und neben ihnen die Punker. Im Osten trafen sich die Christen, und neben ihnen waren die Trottel und die Klugen. Im Norden standen die Sportler neben den Surfern. Die Reaktionäre vom Land hatten im Westen ihren Platz. Wer aus reichem Elternhaus kam, war in der Cafeteria. Jeder wusste, wo er hingehörte.

Diese Anordnung sorgte allerdings zur Mittagszeit für einige Spannung, und zwar nicht nur im direkten Umkreis des Schulhofs. Die größte Spannung herrschte im Schulhof selbst, denn er war Niemandsland.

Kein Schüler der Monroe-Schule überquerte jemals den Schulhof. Um zur anderen Seite zu gelangen, gingen alle um den Schulhof herum. An allen Schülerinnen und Schülern und ihren prüfenden Blicken vorbei.

Alle wussten Bescheid und hielten sich daran.

Bis eines Tages im Frühling eine neue Schülerin auf die Monroe-Schule kam. Sie hieß Lisa und kannte sich in den örtlichen Gepflogenheiten nicht aus, denn sie war von weither zugezogen.

Obwohl Lisa umgänglich war, fand sie nicht besonders schnell neue Freunde. Sie war ein wenig zu dick und schüchtern, und ihr Kleidungsstil passte überhaupt nicht.

Es war ihr erster Tag an der neuen Schule. Den ganzen Morgen war sie damit beschäftigt gewesen, rechtzeitig ihre Klassenräume zu finden. Manchmal kam sie zu spät zum Unterricht, was ihr äußerst peinlich war. Die Lehrer verhielten sich ihr gegenüber sehr aufgeschlossen, ja, sogar herzlich. Einige waren auch irritiert, weil ihre Klassen bereits zu groß waren und sie vor dem Unterricht nun erst mal Lisas Daten aufnehmen mussten.

Dennoch hatte Lisa den Morgen bisher einigermaßen gut überstanden, als die Glocke läutete. Sie seufzte erleichtert, als sie das Läuten hörte, und stürzte sich in das Gedränge der Schüler im Flur. Sie bahnte sich den Weg zu ihrem Spind, aber erst nachdem sie ihre Zahlenkombination drei-, vier-, fünfmal eingegeben hatte, öffnete sich die Tür. Als sie vor dem offenen Spind stand, entschloss sie sich, zusammen mit ihrem Lunchpaket auch alle Bücher, die sie am Nachmittag benötigen würde, mit in die Mittagspause zu nehmen. Sie wollte ihre Mahlzeit gleich auf den Stufen vor dem Klassenraum einnehmen, in dem ihre nächste Unterrichtsstunde stattfand, und sich so einen erneuten Gang zum Spind ersparen.

Also machte sich Lisa auf den längsten Weg, den sie jemals gegangen war – den Weg über den Schulhof zu ihrem nächsten Klassenraum. Sie ging durch die Halle, die Stufen hinunter, über den Rasen, über den Gehweg, über den betonierten Schulhof.

Während Lisa unbeirrt voranschritt, wechselte sie die schweren Bücher von einem Arm zum anderen, um immer den Arm auszuruhen, der ihr leichtes Lunchpaket hielt. Aber sie hatte sich zu viele Bücher gegriffen. Das oberste Buch rutschte immer wieder vom Stapel, sodass sie einen regelrechten Balanceakt vollbringen musste, während sie an all den anderen Schülern vorbeiging. Sie war so damit beschäftigt, die Bücher von einem Arm zum anderen zu wechseln, das oberste Buch und ihr Ziel im Auge zu behalten, dass sie ihre Umgebung völlig vergaß.

Plötzlich jedoch nahm sie etwas wahr. Eine unheimliche Stille lag in der Luft. Ein namenloses Grauen erfasste sie. Sie hielt an und schaute auf.

Hunderte von Augen starrten sie an. Es waren unfreundliche Blicke. Mitleidlose Blicke. Wütende Blicke. Kalte und grausame Blicke, die sich tief in sie hineinbohrten.

Sie erstarrte und war wie betäubt. Ihr Geist schrie auf: NEIN! Das kann nicht wahr sein!

Niemand kann sich mehr genau an das erinnern, was als Nächstes geschah. Einige meinten anschließend, Lisa hätte versucht, sich zu bücken, um ein heruntergefallenes Buch aufzuheben, und dabei das Gleichgewicht verloren. Andere behaupteten, sie sei gestolpert. Aber es ist auch egal, wie es passiert ist.

Sie fiel auf den Beton und blieb dort in der Mitte des Schulhofs mit ausgestreckten Beinen liegen.

Im nächsten Moment erhob sich ein Gelächter, das wie ein Stromschlag die ganze Runde schüttelte. Es klang wie in einem Albtraum und drohte sein Opfer zu ersticken.

Lisa blieb regungslos liegen.

Von allen Seiten zeigten nun Finger auf sie, und der Spott kannte keine Grenzen. Er steigerte sich von derber Belustigung bis zu übelster Gehässigkeit: »Du! Du! Du! DU!!!«

Und Lisa lag immer noch auf dem Boden.

Aus dem Kreis der verschiedenen Schülergruppen tauchte langsam und ruhig eine Figur auf. Es war ein großer Junge mit festem Gang, so als ob er jeden Schritt abmessen wollte. Er ging direkt auf die Stelle zu, auf die die Finger zeigten. Als die Schüler schließlich merkten, dass da noch jemand anderes in der Mitte war, wurden die Rufe leiser und verebbten. Eine Stille senkte sich über die Menge.

Der Junge ging mitten in das Schweigen hinein. Sein Schritt war entschlossen, und seine Augen ruhten auf der Gestalt, die auf dem Beton lag.

Als er das Mädchen erreicht hatte, war die Stille kaum noch auszuhalten. Der Junge kniete sich einfach nur neben Lisa und sammelte ihr Lunchpaket und die verstreuten Bücher ein. Nachdem er das getan hatte, fasste er sie unter die Arme und schaute ihr dabei ins Gesicht. Woraufhin sie sich erhob.

Der Junge stützte sie, als sie über den Schulhof ging, durch die schweigende Menge, die sich vor ihnen teilte.

Am nächsten Tag geschah auf der Monroe High-School

zur Mittagszeit etwas Merkwürdiges. Sobald die Mittagsglocke läutete, schwärmten die Schüler aus den Klassenräumen zu ihren Spinden. Diejenigen, die nicht in der Cafeteria aßen, gingen mit ihren Lunchpaketen über den Schulhof. Von allen Seiten des Schulgeländes überquerten all die verschiedenen Schülergruppen freiheraus den Schulhof. Niemand konnte wirklich erklären, warum das jetzt kein Problem mehr war. Alle wussten einfach nur, dass es in Ordnung war. Und auch heute noch wird der Schulhof der Monroe-Schule von allen benutzt.

Das Geschehene liegt schon eine Weile zurück. Ich habe niemals den Namen des Jungen in Erfahrung bringen können. Aber niemand, der dabei war, wird jemals vergessen, was er tat. Niemand.

Chris Blake
(eingereicht von Leon Bunker)

Gebrochener Flügel

Du wirst mit Flügeln geboren. Warum kriechst du also durchs Leben?

RUMI

Manche Menschen sind einfach von Natur aus Versager. Diese Meinung haben Erwachsene oft von Problemkindern. Ein bekanntes Sprichwort sagt: »Ein Vogel mit gebrochenem Flügel wird niemals hoch fliegen.« Ich bin sicher, dass T.J. Ware die Bedeutung dieses Sprichwortes an jedem einzelnen Schultag zu spüren bekam.

Als er in die High-School kam, war T.J. der größte Unruhestifter in der Stadt. Die Lehrer zuckten zusammen, wenn sie ihn auf der Namensliste für das nächste Semester entdeckten. Er war nicht sehr gesprächig, antwortete nicht auf Fragen und war immer wieder in Schlägereien verwickelt. Obwohl er bis zu seinem Senior-Jahr fast überall durchgefallen war, wurde er jedes Mal versetzt, weil die Lehrer ihn im nächsten Jahr nicht wieder in ihrer Klasse haben wollten. So ging es für T.J. zwar voran, aber nicht bergauf.

Ich lernte T.J. auf einem Wochenendseminar kennen, das von der Gemeinde veranstaltet wurde. Alle Schüler konnten sich für den Netzwerk-Trainingskurs einschreiben, der dazu dienen sollte, die Schülerinnen und Schüler mehr in die Gemeindeaktivitäten einzubeziehen. T.J. gehörte zu den 405 Schülern, die an dem Trainingskurs teilnehmen wollten. Als ich eintraf, um das erste Wochenende zu leiten, erhielt ich vom Gemeindevorstand einen Überblick über die teilnehmenden Schüler: »Wir haben heute ein repräsentatives Spektrum der gesamten Schülerschaft vor uns, vom Schulsprecher bis zu T.J. Ware, dem Jungen mit der längsten Arrestzeit in der Geschichte der Stadt.« Irgendwie kam es mir vor, als sei ich nicht der Erste, der schon vor dem eigentlichen Beginn mit der dunkleren Seite von T.J. bekannt gemacht wurde.

Zu Anfang des Seminars blieb T.J. buchstäblich außerhalb des Kreises der Schüler. Er lehnte sich gegen die hintere Wand des Raumes und hatte einen Gesichtsausdruck, als wolle er sagen: »Nun los, macht schon, beeindruckt mich!« Er nahm nicht wirklich an den Diskussionsgruppen teil, es schien, als habe er nicht viel zu sagen. Aber nach und nach zogen ihn die Interaktionsspiele in die Gruppe. Das Eis brach, als die Schülergruppe anfing, eine Liste von positiven und negativen Dingen zu erstellen, die im Laufe des Jahres an der Schule passiert waren. T.J. konnte in solchen Situationen immer eine Reihe guter Gedanken beisteuern. Und da die anderen Schüler in seiner Gruppe seine Bemerkungen schätzten, fühlte sich T.J. plötzlich als Teil der Gruppe. Es dauerte nicht lange und die anderen behandelten ihn als ihren Gruppenführer. Er machte gute Vorschläge, und alle hörten ihm zu. T. J. war nicht auf den Kopf gefallen und hatte oft großartige Ideen.

Am nächsten Tag war T. J. bei allen Aktivitäten voll dabei. Am Ende des Seminars schloss er sich dem Obdachlosenteam an, das sich um die Belange der Obdachlosen kümmern wollte. Er kannte sich mit Armut, Hunger und Hoffnungslosigkeit aus, und die anderen Schüler des Teams waren von seiner leidenschaftlichen Anteilnahme und seinen Vorschlägen so beeindruckt, dass sie ihn zum zweiten Vorsitzenden des Teams wählten. Der Präsident des Schülerrats würde nun von T. J. Ware Anweisungen erhalten.

Als T. J. am Montagmorgen die Schule betrat, kam er mitten in einen Feuersturm. Eine Gruppe von Lehrern protestierte beim Schulleiter gegen die Wahl von T. J. zum zweiten Vorsitzenden. Das allererste Hilfsprojekt in der Gemeinde war eine große Sammlung von Lebensmitteln, die vom Obdachlosenteam organisiert wurde. Die Lehrer konnten sich nicht vorstellen, dass der Schulleiter es zuließ, den schwierigen Anfang eines mit großen Erwartungen verknüpften dreijährigen Aktionsplans in die unfähigen Hände von T. J. Ware zu legen. Sie beklagten sich beim Schulleiter über T. J. mit den Worten: »Die Strichliste seiner Arreste geht auf keine Kuhhaut. Höchstwahrscheinlich wird er die Hälfte der Nahrungsmittel stehlen.« Mr. Coggshall erinnerte sie jedoch daran, dass Ziel und Zweck des Netzwerkprogramms darin bestünde, schlummernde Talente der Schüler zu entdecken und ihnen die Möglichkeit zur praktischen Umsetzung dieser Talente zu geben, sodass eine wirkliche Veränderung stattfinden könnte. Die Lehrer verließen das Treffen mit dem Schulleiter kopfschüttelnd, denn sie waren fest von einem Fehlschlag überzeugt.

Zwei Wochen später organisierten T.J. und seine Freunde eine groß angelegte Lebensmittelsammelaktion. Sie stellten einen neuen Schulrekord auf: 2854 Dosen in nur zwei Stunden! Es reichte, um die leeren Regale in zwei Nachbarschaftszentren aufzufüllen und bedürftige Familien 75 Tage lang zu unterstützen. In der Lokalzeitung erschien am nächsten Tag ein ganzseitiger Artikel über das Ereignis. Er wurde in der Schule ans schwarze Brett gehängt, wo jeder ihn sehen konnte. T.J. wurde für seine Verdienste in der Leitung einer Lebensmittelaktion mit neuem Sammelrekord gewürdigt und sogar ein Foto von ihm wurde abgebildet. So wurde er tagtäglich daran erinnert, was er erreicht hatte. Gleichzeitig wurden seine Führungsqualitäten anerkannt.

T.J. ging von nun an regelmäßig zur Schule und beantwortete zum ersten Mal die Fragen der Lehrer. Er leitete ein zweites Projekt, in dem 300 Decken und 1000 Paar Schuhe für ein Obdachlosenasyl gesammelt wurden. Jetzt hat er eine Aktion gestartet, in der 9000 Dosen an einem Tag gesammelt werden. Sie decken 70 Prozent des Jahresbedarfs an Lebensmitteln.

T.J. erinnert uns daran, dass ein Vogel mit einem gebrochenen Flügel nur ein wenig Pflege benötigt. Sobald er wieder gesund ist, kann er höher fliegen als alle anderen. T.J. hat ein Betätigungsfeld gefunden und wurde produktiv. Er fliegt ganz schön hoch in diesen Tagen.

Jim Hullihan

8

Unbeirrt die eigenen Ziele verfolgen

Es ist nicht dumm, einen Traum zu haben.
Keinen Traum zu haben ist dumm.

Cliff Clavin, Cheers

Ich komme zurück

Die Welt ist voller Leid, aber auch voll von der Überwindung des Leids.
Helen Keller

Linda und Bob Samele stand die Anspannung im Gesicht geschrieben, als sie sich der Tür des Krankenzimmers näherten. *Nur ruhig bleiben*, dachte Linda, als sie die Türklinke nach unten drückte. Du willst schließlich seinen Zustand nicht schlimmer machen, als er schon ist.

An jenem 23. Dezember 1988 fiel ein leichter Schneeregen, als ihr 15-jähriger Sohn Chris zusammen mit fünf Freunden von seiner Heimatstadt Torrington in Connecticut zum nahe gelegenen Waterbury fuhr. Plötzlich verwandelte sich ihr zwangloses Lachen in entsetztes Schreien, als das Auto auf der vereisten Fahrbahn ins Schleudern geriet und gegen die Leitplanke krachte. Drei der Jungen, einschließlich Chris, wurden aus dem Rückfenster geschleudert. Einer von ihnen war auf der Stelle tot, ein anderer schwer verletzt.

Chris saß auf dem Mittelstreifen, als man ihn fand. Er starrte verstört auf seinen linken Oberschenkel, aus dem das Blut strömte. Sechs Meter entfernt lag sein Unterschenkel, der auf Kniehöhe durch ein Leitplankenseil abgetrennt worden war. Ein Rettungswagen fuhr ihn zur Notoperation ins Waterbury-Krankenhaus. Seine Eltern mussten sieben Stunden warten, bis sie endlich zu ihm durften.

Linda hatte Tränen in den Augen, als sie Chris im Krankenbett sah. Bob, der in Torrington Briefträger war, ergriff die

Hand seines Sohnes. »Dad, ich habe mein Bein verloren«, sagte der junge Mann ruhig zu seinem Vater. Bob nickte nur und drücke die Hand fester. Nach einem kurzen Moment des Schweigens fügte Chris hinzu: »Werde ich jemals wieder Basketball spielen können?«

Bob Samele hatte Schwierigkeiten, seine Gefühle unter Kontrolle zu halten. Seit frühester Kindheit spielte Chris leidenschaftlich gern Basketball, und er war gerade dabei, sich als Spieler einen Namen zu machen. In der vergangenen Saison kam er – als Achtklässler der St. Peter Middle-School, auf den bemerkenswerten Durchschnitt von 41 Punkten pro Spiel. Nun, als Freshman auf der Torrington High-School, hatte Chris in zwei Spielen der Junior-Auswahl 62 Punkte erzielt. »Eines Tages werde ich in einer großen Halle vor tausenden spielen«, erzählte Chris seinen Eltern immer wieder. »Und ihr werdet dabei sein.«

Seinen verkrüppelten Sohn vor Augen, rang Bob Samele nach Worten. »Weißt du, Chris«, brachte er schließlich hervor, »im Wartezimmer sitzen noch viele andere Freunde, die dich sehen wollen, auch dein Trainer Martin.«

Chris begann zu strahlen. Entschlossen sagte er: »Dad, sag meinem Trainer, dass ich in der nächsten Saison wieder dabei bin. Ich werde wieder Basketball spielen.«

Chris musste sich in den nächsten sieben Tagen drei weiteren Operationen am Bein unterziehen. Den Chirurgen war von Anfang an klar gewesen, dass zu viele Nerven, Arterien und Muskeln durchtrennt waren, um das abgetrennte Bein einfach wieder annähen zu können. Chris würde auf jeden Fall eine Prothese brauchen.

Während seines dreieinhalbwöchigen Krankenhausaufenthalts riss der Strom der Besucher nicht ab. »Macht euch keine Sorgen um mich«, sagte Chris immer dann, wenn er das Mitleid der anderen spürte. »Es wird schon wieder werden.« Seine starke psychische Verfassung fußte auf einen unbezwingbaren Willen, der einer tiefen Religiosität entsprang. Viele seiner Ärzte und Krankenschwestern waren erstaunt über ihn.

»Wie wirst du nur mit all dem fertig, Chris?«, fragte ihn einmal ein Psychiater. »Haderst du nicht manchmal mit deinem Schicksal?«

»Nein«, erwiderte der Junge, »ich wüsste nicht, was Selbstmitleid mir bringen sollte.«

»Empfindest du denn keine Bitterkeit oder Wut?«

»Nein«, sagte Chris. »Ich versuche, bei allem positiv zu bleiben.«

Als der hartnäckige Psychiater schließlich gegangen war, meinte Chris zu seinen Eltern: »Ich glaube, *er* ist es, der Hilfe braucht.«

Chris arbeitete im Krankenhaus hart daran, seine körperliche Kraft und Koordinationsfähigkeit zurückzuerlangen. Als er wieder kräftig genug war, spielte er viel mit einem weichen Ball, den er durch einen kleinen Ring warf, der von einem Freund an der Wand neben seinem Bett angebracht worden war. Die Körperübungen, die er täglich machte, sollten ihn auf den Gebrauch von Krücken vorbereiten und seinen Gleichgewichtssinn trainieren.

Nachdem Chris bereits zwei Wochen im Krankenhaus war, setzten die Sameles auf eine zusätzliche Therapie. Sie hoben Chris in einen Rollstuhl und besuchten mit ihm ein Basketballspiel der Torrington High-School. »Behalten Sie ihn gut im Auge«, warnten die Krankenschwestern, die sich Sorgen darum machten, wie Chris wohl reagieren würde.

Der Junge blieb jedoch völlig entspannt, als er in die lärmüberfüllte Sporthalle kam. Als er an den Zuschauerrängen vorbeigeschoben wurde, begannen Freunde und Teamkameraden zu winken und seinen Namen zu rufen. Schließlich verkündete Frank McGowan, der stellvertretende Schulleiter der Torrington High-School, über die Lautsprecheranlage: »Wir haben heute einen sehr lieben Freund unter uns. Begrüßt bitte alle recht herzlich Chris Samele!«

Chris blickte erstaunt in die Runde. Als er sah, wie 900 Leute sich von ihren Plätzen erhoben, ihm zuriefen und applaudierten, wurden seine Augen feucht. Diesen Empfang würde er bestimmt niemals vergessen.

Am 18. Januar 1989, fast einen Monat nach dem Unfall, war Chris so weit genesen, dass er nach Haus zurückkehren konnte. Damit er den Unterrichtsstoff nachholen konnte, besuchte ihn jeden Nachmittag ein Nachhilfelehrer. Zwischendurch musste er immer wieder zur Therapie ins Krankenhaus nach Waterbury. Die nahezu allgegenwärtigen körperlichen Schmerzen waren manchmal kaum auszuhalten. Wenn er zusammen mit seinen Eltern vor dem Fernseher saß, geschah es immer wieder, dass er sich vor dem Schmerz krümmte, den sein verstümmeltes Bein verursachte.

An einem frostigen Nachmittag kämpfte sich Chris auf die Krücken und humpelte um die Ecke zur alten Garage, wo er das Spielen gelernt hatte. Er legte die Krücken beiseite und nahm einen Basketball. Dann schaute er nach allen Seiten, um sich zu vergewissern, dass ihn niemand beobachtete. Schließlich hüpfte er auf seinem rechten Bein und versuchte, den Ball im Korb zu versenken. Mehrere Male verlor er das Gleichgewicht und fiel zu Boden. Jedes Mal stand er wieder auf und holte sich den Ball, um es erneut zu versuchen. Nach 15 Minuten war er völlig erschöpft. *Das wird länger dauern, als ich gehofft hatte,* dachte er, als er langsam ins Haus zurückging.

Chris erhielt seine erste Prothese am Karfreitag, dem 25. März. Hocherfreut über dieses Ersatzkörperteil, fragte er Ed Skewes, den Leiter der Prothesenabteilung des Krankenhauses, ob er nun gleich wieder mit dem Basketballspielen beginnen könne. Als der Arzt sah, dass Chris es ernst meinte, antwortete er: »Ein paar Tage würde ich schon noch damit warten.« Der Prothesenspezialist wusste, dass es gewöhnlich ein Jahr dauerte, bis man einigermaßen bequem mit einer Prothese laufen konnte, geschweige denn in der Lage war, Sport zu treiben.

Zu Hause verbrachte Chris täglich mehrere Stunden damit, im Keller laufen zu üben. Mit nur einem Bein war der Korbwurf schon schwer genug, aber mit der Prothese war es noch schwieriger. Die meisten seiner Würfe gingen weit am Ziel vorbei, und er fiel oft zu Boden.

In den hoffnungslosesten Momenten erinnerte sich Chris an eine Unterhaltung mit seiner Mutter. Nach einem besonders entmutigenden Tag hatte er sie einmal gefragt, ob sie wirklich daran glaubte, dass er jemals wieder Basketball spielen könne. »Ja, ich glaube wirklich, dass du es schaffen kannst«, war ihre Antwort. »Aber du musst noch härter auf dieses Ziel hinarbeiten.« Er wusste, dass sie Recht hatte. Es ging nur darum, hart daran zu arbeiten und nicht aufzugeben.

Chris kehrte Anfang April auf die Torrington High-School zurück und fand sofort wieder Anschluss an seine Clique. Nur das Basketballspielfeld konnte er nicht gleich wieder betreten. Nach dem Unterricht spielten seine Freunde oft auf einem Basketballfeld im Freien. Ein paar Wochen lang schaute er ihrem Spiel von der Seitenlinie aus zu. Dann, Anfang Mai, erschien er eines Nachmittags im Basketballtrikot. Seine erstaunten Kumpel wichen zurück, als er schnurstracks auf das Spielfeld ging.

Als Erstes begann Chris mit Bällen von außerhalb des Wurfkreises zu werfen. Immer wenn der Ball durch das Netz glitt, durchströmte ihn ein Schauer. Aber wenn er dribbelnd auf den Korb zulief oder nach einem Abpraller sprang, fiel er meistens hin. »Los, Chris, mach weiter, du schaffst das schon«, riefen seine Freunde. Aber Chris spürte tief im Innern, dass er nicht mehr der Alte war.

In einem Trainingsspiel während der Sommersaison sprang er am Korb so hoch, dass der Fuß an seiner Prothese abbrach. Als er vom Spielfeld humpelte, dachte er: *Vielleicht mache ich mir selbst etwas vor und sollte lieber die Finger davonlassen.*

Aber im Grunde genommen wusste er, worauf es ankam: Er musste nur noch härter an sich arbeiten. Also stellte er einen Tagesplan zusammen, der Werfen, Dribbeln und Hanteltraining beinhaltete. Nach jeder Übungseinheit nahm er das künstliche Bein vorsichtig ab und zog die vier dicken Socken, mit denen er die Prothese abpolsterte, von seinem Oberschenkelstumpf. Beim Duschen musste er aufpassen, dass er mit der Seife nicht an die Wundblasen kam. Aber die Schmerzen waren umso leichter auszuhalten, je mehr seine gewohnten Qualitäten wieder zum Vorschein kamen. *Ich werde es schaffen. Und zwar nicht erst nächstes Jahr, sondern noch in diesem Jahr!*

Am Montag nach Thanksgiving trommelte Trainer Bob Anzelotti alle Jungen zusammen, die miteinander um einen Platz in der Junior-Auswahl der Torrington High-School wetteiferten. Alle waren nervös und voller Erwartung. Als der Trainer in die Runde schaute, fiel sein Blick auf Chris Samele.

In den zweitägigen Ausscheidungswettkämpfen hatte niemand härter an sich gearbeitet als Chris. Er hatte Verteidiger ausgedribbelt und Pässe abgefangen – und damit allen gezeigt, dass er nichts verlernt hatte. Er lief sogar jeden Tag mit den anderen zusammen zehn Runden um den Sportplatz – zwar viel langsamer als die anderen, aber ohne jemals vorzeitig abzubrechen.

Am Morgen nach der letzten Trainingseinheit drängte sich Chris zu den anderen, die sich vor der ausgehängten Namensliste versammelt hatten. *Du hast alles gegeben,* dachte er, als er über die Schultern der anderen hinweg einen Blick auf die Liste warf. Und da stand es – *Samele.* Er war wieder in der Mannschaft!

Ein paar Tage später versammelte Trainer Anzelotti seine Spieler zu einer Teambesprechung. »Jedes Jahr wird der Spieler mit dem vorbildlichsten Verhalten als Mannschaftskapitän ausgewählt. Unser Kapitän in diesem Jahr ist... Chris Samele.« Die anderen Spieler brachen in Jubel aus.

Am Abend des 15. Dezembers, genau acht Tage vor dem Jahrestag des schrecklichen Unfalls, waren 250 Leute gekommen, um sich das Spiel anzuschauen, das Chris zurück in die Basketballarena bringen sollte.

In der Umkleidekabine streifte sich Chris mit leicht zittrigen Händen sein kastanienbraunes Trikot über. »Es wird schon alles gut gehen, Chris«, sagte Trainer Anzelotti. »Hab aber beim ersten Spiel nicht zu große Erwartungen.« Chris nickte. »Ich weiß«, sagte er leise. »Danke.«

Und schon rannte er zusammen mit seinen Mannschaftskameraden auf das Spielfeld, um sich aufzuwärmen. Auf den Zuschauerrängen waren fast alle aufgestanden und applaudierten. Als Linda und Bob ihren Sohn wieder im Trikot der Torrington High-School sahen, mussten sie mit den Tränen kämpfen. *Gott,* betete Linda, *lass ihn nicht enttäuscht werden.*

Obwohl er versuchte, sich zu beruhigen, nahm Chris seine Nervosität mit auf das Spielfeld. Während der Aufwärmzeit trafen die meisten seiner Würfe nur den Rand des Korbs. »Mach dir nichts daraus, entspann dich«, riet ihm Trainer Anzelotti. »Du kannst es nicht erzwingen.«

Als die Spieler sich schließlich in der Mitte des Spielfeldes zum Anstoß versammelten, stand Chris in der Verteidigungslinie. Sein Spiel wirkte von ersten Sprungball an verkrampft und unbeholfen. Er konnte zwar mithalten, aber seine Bewegungen waren unkoordiniert und unrhythmisch. Wenn er den Ball warf, verfehlte er sogar den Ring des Korbs. Normalerweise ertönt es dann höhnisch von den Rängen: »Luftballon! Luftballon!« Aber diesmal waren alle still.

Nachdem acht Minuten gespielt worden waren, bekam Chris eine kurze Auszeit. Aber bevor sie noch zu Ende war, wurde er wieder ins Spiel geschickt. *Mach schon, Chris,* spornte er sich selbst an, *auf diesen Moment hast du hingearbeitet. Zeig ihnen, was du kannst.* Sekunden später hatte er sich ungefähr sechs Meter vom Korb entfernt freigelaufen und ein Mitspieler hatte ihm den Ball zugeworfen. Es war für niemanden eine leichte Entfernung – ein langer Dreipunktewurf. Ohne zu zögern, visierte Chris das Ziel an und machte einen hohen, bogenförmigen Wurf. Der Ball segelte auf den Korb zu – und versank sauber im Netz.

Die Sporthalle brach in Jubel aus. »Jetzt hast du es Chris!«, rief Bob Samele, und seine Stimme war voller Emotionen.

Eine Minute später schnappte sich Chris einen Abpraller aus einem Gewirr ausgestreckter Arme. Ohne sich beirren zu lassen, warf er den Ball gegen das Rückbrett. Und wieder rutschte er durch den Korb. Erneut brach lauter Jubel aus. Linda strömten die Tränen über das Gesicht, als sie ihren Sohn dribbelnd über das Spielfeld laufen sah, die Faust hoch zum Triumph gestreckt. *Du hast es geschafft, Chris,* dachte sie, *du hast es geschafft.*

Chris trumpfte nun richtig auf, zur Freude der vielen Zuschauer. Nur einmal verhedderte er sich beim Laufen und stürzte zu Boden. Als am Schluss die Sirene ertönte, hatte er 11 Punkte gemacht und Torrington das Spiel gewonnen.

Später am Abend, als er wieder zu Hause war, schaute Chris seinen Vater zufrieden an. »Wie war ich, Dad?«

»Du warst großartig«, antwortete Bob und nahm seinen Sohn in den Arm.

Nachdem sie sich kurz über das Spiel unterhalten hatten, ging Chris freudestrahlend die Treppe hoch zu seinem Schlafzimmer. Seine Eltern wussten, dass dieser Tag für ihren Sohn ein neuer Anfang war.

Als Linda das Licht ausmachte, erinnerte sie sich an einen Nachmittag kurz nach dem Unfall, als sie ihren Sohn zur Therapie fuhr. Chris war ruhig und schaute aus dem Autofenster. Dann brach er plötzlich sein Schweigen. »Mom, ich glaube, ich weiß, warum mir das alles passiert ist.« Erstaunt fragte Linda: »Warum, Chris?«

Chris schaute weiter aus dem Fenster und sagte: »Gott wusste, dass ich damit fertig werde. Er hat mir das Leben gerettet, weil er wusste, dass ich es schaffen werde.«

Jack Cavanaugh

[Bemerkung des Herausgebers: Samele absolvierte mit der Basketballschulauswahl der Torrington High-School noch viele gute Spiele während seiner Zeit als Junior und Senior. In der Tennisschulauswahl spielte Chris sowohl Einzel als auch Doppel. Er gehörte zur Tennisschulmannschaft des Western New England College in Springfield, Massachusetts, und spielte dort am College auch Basketball. Im Sommer spielte er in verschiedenen Basketballligen rund um Torrington. Samele hofft, einmal Basketballtrainer zu werden.]

Einfach nur ich selbst

Schon als kleines Kind hielt ich mich für den Größten, weil die Leute immer sagten: »Du wirst das schon machen.« Aber sie verrieten mir nicht, wie groß ich werden würde, wenn ich immer jemanden spielte, der größer war als ich.

Wenn ich im Hof spiele, bin ich am Ball der König.
Mühelos versenke ich alle Würfe im Korb.
Aber plötzlich taucht in meinem Gesicht ein Mann auf,
der anscheinend nicht begreift, dass ich hier der König bin.

Ich fange an, unter Druck zu spielen.
Meine Pässe zu Mitspielern gehen ins Aus.
Meine Sprungwürfe landen nicht im Korb, meine Dribblings sind unsicher.
Mein Auge sieht nicht scharf, und meine Hand ist nicht ruhig genug.

Der Fehler liegt bei meinen Mitspielern – sie verstehen mich nicht.
Der Fehler liegt bei meinem Trainer – er macht alles falsch.
Der Fehler liegt bei der Entscheidung des blinden Schiedsrichters.
Ich mache nie etwas falsch, denn ich bin ja der Größte.

Irgendwann ging mir ein Licht auf, als ich begriff,
dass das Gesicht im Spiegel niemand anderes war als ich selbst.

Es waren nicht mehr meine Mitspieler, die den Ball verloren,
und es war nicht mehr mein Trainer, der keine Ahnung hatte.

Das Gesicht im Spiegel, das immer so großartig war, konnte noch viel lernen, anstatt die Fehler nur bei anderen zu suchen.
Also hörte ich auf, anderen die Schuld zu geben und fing an zu wachsen.
Mein Spiel wurde viel besser, und alle konnten es sehen.

Meine Mitspieler waren gar nicht so übel.
Ich lernte, mich auf meine Freunde zu verlassen.
Ich mag mich selbst viel besser leiden, seitdem ich begriffen habe, dass ich im Großsein nicht gut bin – ich bin viel besser darin, einfach nur ich selbst zu sein.

Tom Krause

Die Totengräber der Parkview Junior High-School

Die Leute geben immer den Umständen die Schuld daran, dass sie so sind, wie sie sind. Ich glaube nicht an Umstände. Wer in dieser Welt weiterkommen will, steht einfach auf und sucht sich die geeigneten Umstände. Und wenn er sie nicht findet, dann erschafft er sie.

George Bernard Shaw

Die wichtigsten Lektionen, die wir in der Schule lernen, gehen darüber hinaus, einfach nur einen Test richtig zu beantworten. Es sind die Lektionen, die uns wirklich verändern, indem sie uns zeigen, dass wir wirklich etwas zu Stande bringen können. Mithilfe von Instrumenten können wir wunderbare Musik machen. Indem wir Pinsel und Leinwand benutzen, können wir den Menschen zeigen, wie wir die Welt sehen. Wenn wir uns als Mannschaft anstrengen, können wir auch gegen starke Gegner gewinnen. Kein Test, in dem wir nur ja oder nein anzukreuzen brauchen oder die richtige Antwort unter anderen möglichen Antworten aussuchen müssen, kann uns die wichtigste Lektion lehren, die da lautet: Wir alle sind aus dem Stoff, aus dem Sieger gemacht werden.

Der Film *Jeremiah Johnson*, mit Robert Redford in der Hauptrolle, war gerade erst angelaufen, als wir in der siebten Klasse darüber diskutierten. Wir sprachen darüber, dass dieser ungehobelte Mann der Berge auch sanft und freundlich war. Wir diskutierten über seine tiefe Liebe zur Natur und seinen Wunsch, ein Teil dieser Natur zu sein. Zum Abschluss stellte uns Herr Robinson, unser Lehrer, eine überraschende Frage: »Was meint ihr, wo liegt Jeremiah Johnson wohl begraben?«

Wir waren schockiert, als wir hörten, dass die Ruhestätte dieses großen Naturmenschen in Südkalifornien nur 30 Meter vom San Diego Freeway entfernt lag.

Herr Robinson fragte uns: »Ist das wohl der richtige Ort für ihn?«

»Nein«, riefen wir wie aus einem Munde.

»Glaubt ihr, dass man daran etwas ändern sollte?«, fragte er mit einem leichten Grinsen.

»Ja!«, antworteten wir mit jugendlichem Enthusiasmus.

Herr Robinson schaute uns an, und nach einem kurzen Moment angespannter Stille stellte er eine Frage, die unsere Haltung zum Leben für immer verändern sollte. »Nun, meint ihr, dass ihr das hinkriegt?«

»Was?«

Wovon sprach er bloß? Wir waren doch nur Kinder. Was konnten wir schon tun?

»Es gibt schon einen Weg«, sagte er. »Aber dieser Weg ist eine Herausforderung, und ihr müsst euch auch auf Enttäuschungen gefasst machen… aber ihr könnt schon etwas tun.« Er bot uns seine Hilfe an, jedoch nur, wenn wir schworen, hart zu arbeiten und niemals aufzugeben.

Als wir ihm beides versprachen, wussten wir noch nicht, dass wir uns damit auf die abenteuerlichste Reise unseres bisherigen Lebens begeben würden.

Wir fingen an, Briefe an die Leute zu schreiben, die uns unserer Meinung nach helfen konnten. Die verschiedensten staatlichen Stellen, Friedhofsbesitzer und sogar Robert Redford erhielten einen Brief von uns. Es dauerte nicht lange, und wir erhielten Antwortschreiben, in denen unserer Klasse für das Interesse gedankt wurde. Allerdings sei in dieser Sache »absolut nichts zu machen«. Andere hätten an diesem Punkt aufgegeben. Und hätten wir Herrn Robinson nicht unser Wort gegeben, uns nicht entmutigen zu lassen, hätten wir es bestimmt auch getan. Stattdessen jedoch schrieben wir weiter.

Wir kamen zu dem Schluss, dass unser Vorhaben bekannter werden müsse, und nahmen Kontakt mit der Presse auf. Schließlich kam ein Reporter der Los Angeles Times in unsere Klasse und interviewte uns. Wir erzählten ihm, was wir alles versucht hatten und wie entmutigend es war, auf keinerlei Interesse zu stoßen. Wir hofften, dass unsere Geschichte wenigstens das Interesse der Öffentlichkeit fand.

»Hat Robert Redford jemals geantwortet?«, fragte der Reporter.

»Nein«, erwiderten wir.

Zwei Tage später stand unsere Geschichte auf der Titelseite. Es wurde berichtet, wie unsere Klasse versuchte, die ungerechte Behandlung einer amerikanischen Legende wieder gutzumachen, und dass wir dabei keine Unterstützung erhielten, noch nicht einmal von Robert Redford. Neben dem Artikel war ein Foto von Robert Redford abgedruckt. Am selben Tag, während wir noch im Klassenraum saßen, wurde Herr Robinson ins Sekretariat gerufen, um ein Telefongespräch entgegenzunehmen. Als er zurückkam, strahlte er bis über beide Ohren. »Ratet mal, mit wem ich gerade telefoniert habe?«

Robert Redford hatte angerufen und erzählte, dass er täglich mehrere hundert Briefe erhalte und dass unserer nicht bis zu ihm durchgedrungen wäre. Er sei aber sehr an unserer Sache interessiert und wolle uns gerne helfen, unser Ziel zu erreichen. Unser Team wurde nun plötzlich nicht nur größer, sondern auch einflussreicher und machtvoller.

Ein paar Wochen später, nachdem alle Dokumente säuberlich ausgefüllt waren, ging unser Lehrer mit einigen Schülern zum Friedhof um bei der Umbettung der sterblichen Überreste zugegen zu sein. Jeremiah Johnson war in einem alten Holzsarg beerdigt worden, von dem nur noch ein paar vergammelte Bretter übrig geblieben waren. Vom Mann der Berge gab es nur noch ein paar Knochen. Alle Überreste wurden von den Friedhofsarbeitern sorgfältig eingesammelt und in einen neuen Sarg gelegt.

Wenige Tage später fand auf einer Ranch in Wyoming eine Gedenkfeier zu Ehren von Jeremiah Johnson statt, und das, was von ihm übrig geblieben war, wurde in der Wildnis begraben, die er so sehr geliebt hatte. Robert Redford war einer der Sargträger.

Von diesem Zeitpunkt an hieß unsere Klasse bis zum Ende unserer Schulzeit nur noch »die Totengräber«. Wir selbst sahen uns jedoch eher als »Traumverwirklicher«. In jenem Schuljahr lernten wir nicht nur, effektive Briefe zu schreiben, wie die Regierung funktionierte oder welche Schwierigkeiten man überwinden muss, wenn man einfach nur ein Grab umbetten will. Wir hatten die Erfahrung gemacht, dass man sein Ziel erreichen kann, wenn man durchhält. Ein paar Teenager hatten wirklich etwas erreicht.

Wir hatten gelernt, dass wir aus dem Stoff sind, aus dem Sieger gemacht werden.

Kif Anderson

Der Junge, der mit Delfinen redete

Was wir empfangen, erhält uns am Leben, aber was wir schenken, gibt unserem Leben Sinn.

Arthur Ashe

Es begann als tiefes Rumpeln, das die vormorgendliche Stille erschütterte. An jenem Morgen im Januar 1994 wurde das Gebiet um Los Angeles von einem der schlimmsten Erdbeben in seiner Geschichte heimgesucht.

Zwanzig Meilen nördlich der Stadt waren im Themenpark »Six Flags Magic Mountain« drei Delfine völlig ihrem Schicksal überlassen. Sie schwammen entsetzt im Kreis herum, als schwere Betonpfeiler neben ihrem Pool zusammenbrachen und Dachziegel ins Wasser krachten.

Vierzig Meilen weiter südlich wurde der 26-jährige Jeff Siegel von einem dumpfen Schlag aus dem Bett geworfen. Als er die wankende Stadt sah, schossen ihm die Wesen in den Kopf, die ihm am meisten bedeuteten. *Ich muss so schnell wie möglich zu den Delfinen,* dachte er. *Sie haben mich gerettet, und nun brauchen sie dringend meine Hilfe.*

Wer Jeff von Kindesbeinen an kannte, konnte sich keinen untypischeren Helden vorstellen.

Jeff Siegel kam als hyperaktives Kind zur Welt. Er war fast taub und hatte starke Koordinationsprobleme. Da er seine Mitmenschen nicht richtig verstehen konnte, entwickelte er eine ernsthafte Sprachbehinderung, die es anderen fast unmöglich machte, ihn zu verstehen. In der Vorschule wurde der kleine blonde Junge von den anderen Kindern als »behindert« verspottet.

Auch sein Elternhaus gab ihm keine Sicherheit, denn Jeffs Mutter war vollkommen überfordert mit ihm. Ihre eigenen

Eltern waren streng und autoritär, und so neigte auch sie zu Perfektionismus und kam mit seiner Andersartigkeit nicht zurecht. Sie wollte einfach nur, dass ihr Sohn sich anpasste und keine Schwierigkeiten bereitete. Sein Vater war Polizist und sie wohnten in Torrance, einem Stadtteil von Los Angeles, in dem vor allem Menschen aus der Mittelschicht lebten. Um genug Geld zu verdienen, hatte er noch einige Nebenjobs und war daher oft 16 Stunden am Tag außer Haus.

Der erste Tag im Kindergarten machte dem fünfjährigen Jeff so viel Angst, dass er über den Schulhofzaun kletterte und nach Hause rannte. Seine Mutter war wütend und schleifte ihn auf der Stelle zurück zum Kindergarten. Dort angekommen, zwang sie ihn, sich vor der ganzen Klasse bei der Lehrerin zu entschuldigen. Die falsch betonten und kaum verständlichen Worte, die aus ihm herausgepresst wurden, machten ihn sofort zum Gespött seiner Kameraden. Um sich vor der feindlichen Welt zu schützen, hielt sich Jeff meistens in abgelegenen Ecken des Spielplatzes auf. Zu Hause versteckte er sich in seinem Zimmer und träumte von einer Welt, in der er so akzeptiert wurde, wie er war.

Im Alter von neun Jahren machte Jeff eines Tages mit der vierten Klasse einen Ausflug zum Vergnügungspark »Marineland« in Los Angeles. Als er die Delfinshow sah, war er wie elektrisiert von der Ausstrahlung und der überschwänglichen Freundlichkeit dieser wundervollen Tiere. Es schien, als lächelten sie ihn direkt an, was eine ganz neue Erfahrung für ihn war. Der Junge saß wie angewurzelt auf der Zuschauertribüne. Die Gefühle überwältigten ihn und er verspürte den starken Wunsch zu bleiben.

Am Ende des Schuljahres kamen Jeffs Lehrer zu dem Schluss, dass er emotional gestört und lernunfähig sei. Ein Test im nahe gelegenen Switzer-Zentrum für behinderte Kinder erbrachte ein Ergebnis, das zwischen durchschnittlich und begabt lag. Da er aber voller Angst war, führte der Mathematiktest zu einer Einstufung auf der Grenze zum Minderbemittelten. Er wechselte also von der öffentlichen Schule zum Zentrum. Im Laufe der nächsten zwei Jahre ließ seine Angst nach und seine schulischen Leistungen verbesserten sich schlagartig.

Zu Beginn der siebten Klasse musste er gegen seinen Willen wieder zur öffentlichen Schule überwechseln. Die Testergebnisse erbrachten nun einen Intelligenzquotienten von über 130, den nur wenige erreichten. Die jahrelange Sprachtherapie hatte sein Ausdrucksvermögen deutlich verbessert. Aber für seine Mitschüler war Jeff immer noch das gleiche Opfer.

Die siebte Klasse sollte zum schlimmsten Jahr in seinem Leben werden – bis zu dem Tag, als er mit seinem Vater die Sea World in San Diego besuchte. Kaum hatte der Junge die Delfine zu Gesicht bekommen, blühte er auf vor Freude. Er stand wie gebannt, während die geschmeidigen Meeressäuger an ihm vorbeiglitten.

Jeff suchte sich einen Job, um genug Geld zu verdienen für eine Jahreskarte des Marinelands, das nicht weit entfernt war. Bei seinem ersten Besuch ohne Begleitung setzte er sich auf die niedrige Mauer, die das Delfinbecken umgab. Es dauerte nicht lange und die Delfine, an fütternde Besucher gewöhnt, näherten sich dem erstaunten Jungen. Der Erste, der angeschwommen kam, war Grid Eye, das dominante Weibchen im Becken. Der 650 Pfund schwere Delfin schwamm direkt auf Jeff zu und verweilte bewegungslos vor ihm im Wasser. *Ob ich sie wohl berühren kann?*, fragte er sich und hielt seine Hand unter die Wasseroberfläche. Als er die weiche Haut des Delfins streichelte, kam Grid Eye noch näher. Für den Jungen war diese Begegnung ein Moment purer Ekstase.

Die kontaktfreudigen Tiere wurden für Jeff schnell die

Freunde, die er niemals gehabt hatte. Und da das Delfinbecken ein wenig abseits lag, war Jeff oft mit den verspielten Geschöpfen allein.

Eines Tages glitt Sharky, ein junges Weibchen, knapp unterhalb der Wasseroberfläche heran, bis sich ihre Schwanzflosse in Jeffs Hand befand. *Was nun?*, wunderte sich Jeff. Plötzlich tauchte Sharky mit ihrem Schwanz ein wenig ins Wasser, wobei sie Jeffs Hand und Arm unter Wasser zog. Er lachte und zog seinerseits, ohne loszulassen. Der Delfin tauchte nun erneut, diesmal tiefer. Jeff zog stärker zurück. Es war wie Tauziehen.

Wenn Sharky an die Oberfläche kam, um zu atmen, schauten sich Junge und Delfin für einen kurzen Moment an. Jeff lachte dabei und der Delfin grinste mit offener Schnauze. Dann schwamm Sharky einen Kreis und legte ihren Schwanz wieder in Jeffs Hand, um das Spiel erneut zu beginnen.

Der Junge spielte oft mit den 300 bis 800 Pfund schweren Tieren Fangen, wobei Jeff und die Delfine um das Becken herumjagten, um einen vorher festgelegten Punkt anzuschlagen oder einander mit Flosse und Hand klatschend zu berühren. Für Jeff waren die Spiele Ausdruck einer magischen Verbindung, die nur er zu den Tieren hatte.

Selbst wenn im Sommer 500 Menschen um das Becken versammelt waren, erkannten die geselligen Tiere ihren Freund und schwammen zu ihm, wenn er seine Hand im Wasser bewegte. Die Zuneigung der Delfine stärkte Jeffs Selbstvertrauen, und so kam er immer mehr aus seiner dunklen Höhle hervor. Er besuchte einen Kurs im nahe gelegenen Aquarium und verschlang Bücher über Meeresbiologie. So wurde er zu einer wandelnden Enzyklopädie über Delfine, und zum Erstaunen seiner Familie verbesserte er sein Artikulationsvermögen so, dass er ehrenamtlicher Führer im Marineland werden konnte.

1983 verfasste Jeff einen Artikel für die Zeitschrift der American Cetacean Society*, in dem er seine Erfahrungen mit den Delfinen von Marineland beschrieb. Was daraufhin geschah, traf ihn wie ein Schlag. Die Geschäftsleitung von Marineland war so entsetzt über das Ausmaß seiner Spiele mit den Delfinen, ohne dafür die Erlaubnis von der Leitung des Vergnügungsparks zu haben, dass sie ihm kurzerhand den Besucherpass abnahm. Jeff war geschockt.

Jeffs Eltern hingegen waren auf ihre Art erleichtert, denn sie sahen keinen Sinn darin, dass ihr missratener Sohn so viel Zeit mit den Delfinen verbrachte. Ihre Einstellung änderte sich jedoch an einem Tag im Juni 1984, als Bonnie Siegel plötzlich einen Anruf erhielt. Am Abend fragte sie ihren Sohn: »Hast du an irgendeinem Wettbewerb teilgenommen?«

Verschämt gestand Jeff, dass er sich mit einem Aufsatz um das begehrte Earthwatch-Stipendium** im Wert von über 2000 Dollar beworben hatte. Der Gewinn war ein einmonatiger Aufenthalt auf Hawaii bei Delfinexperten. Als er seiner Mutter die Einzelheiten dargelegt hatte, erwartete er, dass sie schimpfen würde. Aber sie sagte nur ruhig: »Nun gut, du hast gewonnen.«

Jeff sprang auf vor Freude. Und was das Beste war: Seine Eltern hatten begriffen, dass er der Verwirklichung seines

* Die *American Cetacean Society* ist die älteste Organisation, die sich für die Erhaltung der Wale einsetzt. Sie wurde 1967 als gemeinnützige Organisation gegründet und hat inzwischen Ableger in 41 Ländern. Ihr Hauptsitz befindet sich in San Pedro, Kalifornien. *(Anmerkung des Übersetzers)*

** Das Earthwatch-Stipendium wird vom *Earthwatch-Institute* vergeben, einer bekannten Umweltschutzorganisation mit Sitz in Boston. Das gemeinnützige *Earthwatch-Institute* hat es sich u. a. zur Aufgabe gemacht, Wissenschaftler, Lehrer und Schüler in weltweiten Projekten zusammenzubringen. *(Anmerkung des Übersetzers)*

Traums, seine Liebe zu den Delfinen mit anderen zu teilen, einen Schritt näher gekommen war.

Jeff verbrachte einen Monat auf Hawaii und brachte den Delfinen bestimmte Abläufe bei, um ihr Gedächtnis zu testen. Im Herbst erfüllte er eine weitere Bedingung, die mit der Vergabe des Stipendiums verknüpft war. Sie bestand darin, vor den Mitschülern der Torrance High-School einen Vortrag zu halten und mit ihnen über die Meeressäuger zu sprechen. Jeffs Bericht war so enthusiastisch, dass seine Mitschüler ihm nun endlich Respekt zollen mussten.

Nach dem Schulabschluss fand Jeff schließlich eine Arbeit auf dem Gebiet der Meeresforschung. Die schlechte Bezahlung versuchte er durch einen ebenfalls nicht gut bezahlten Nebenjob wettzumachen. Außerdem machte er am Community College den Abschluss in Biologie.

Im Februar 1992 betrat er das Büro von Suzanne Fortier, der Direktorin des Trainingszentrums für Meeressäuger am Six Flags Magic Mountain. Obwohl er bereits zwei Jobs hatte, wollte er sich an seinen freien Tagen ehrenamtlich um die Delfine des Zentrums kümmern. Fortier gab ihm eine Chance – und kam aus dem Staunen nicht mehr heraus. Keiner der 200 ehrenamtlichen Helfer, die sie in den letzten zehn Jahren ausgebildet hatte, verfügte über Jeffs intuitive Fähigkeiten im Umgang mit Delfinen.

Ein Beispiel mag dies verdeutlichen. Die Crew von Suzanne Fortier musste einmal einen 600 Pfund schweren Delfin namens Thunder in einen anderen Park schaffen. Das Tier sollte in einem Tank transportiert werden, der 3×1 Meter groß war. Jeff bestand darauf, während der Fahrt hinten bei Thunder zu sein, um das verängstigte Tier zu beruhigen. Als Frau Fortier später per Funk aus der Kabine des Trucks mit ihm sprach, um sich nach Thunders Befinden zu erkundigen, antwortete Jeff: »Es geht ihm jetzt gut, ich wiege ihn in meinen Armen.« *Jeff ist ja tatsächlich bei Thunder im Tank,* wurde der Frau plötzlich klar. Vier Stunden lang trieb Jeff im Innern des kühlen Tanks und hielt Thunder dabei in den Armen.

Die anderen Mitarbeiter waren immer wieder erstaunt, welch intensive Beziehung Jeff zu den Tieren hatte. Ein besonders inniges Verhältnis pflegte er auf dem Magic Mountain zu Katie, einem achtjährigen und 350 Pfund schweren Delfinweibchen, das ihn immer überschwänglich begrüßte und stundenlang mit ihm schwamm.

Wie schon in Marineland konnte Jeff mit den Delfinen spielen und ihre Zuneigung gewinnen. Er hatte keine Ahnung, auf welche harte Probe seine Liebe gestellt werden sollte.

Während Jeff verzweifelt versuchte, den Magic Mountain am Morgen des Erdbebens zu erreichen, stürzten Stadtautobahnen ein und zwangen ihn aufgebrochene Straßen zum Rückzug. Aber er hatte sich geschworen, dass nichts ihn aufhalten könne.

Als Jeff schließlich den Magic Mountain erreicht hatte, war der Wasserstand im 4 Meter tiefen Delfinbecken bereits um die Hälfte gesunken. Durch einen Riss in der Seite floss weiteres Wasser ab. Die drei Delfine Wally, Teri und Katie standen seit dem Erdbeben unter Schock. Jeff ließ sich anderthalb Meter auf einen vorstehenden Rand hinab und versuchte, sie zu beruhigen.

Da es immer noch zu Erderschütterungen kam, wollte Jeff sie ablenken, indem er mit ihnen spielte, aber das funktionierte nicht. Und außerdem musste er ihre tägliche Nahrungsmenge reduzieren, weil der Wasserfilter kaputt war und die Ausscheidungen der Delfine das Wasser zusätzlich belasteten.

Jeff blieb die ganze Nacht über bei den Delfinen, da die Temperaturen gegen den Gefrierpunkt absanken. Er blieb auch die nächsten drei Tage bei ihnen.

Am vierten Tag wurde die Straße wieder freigegeben und Wally, Teri und Katie sollten ins Delfinbecken auf der Knott's Berry Farm umquartiert werden. Zuerst aber musste man es schaffen, sie in die Transportbehälter zu laden. Der Transport eines Delfins ist normalerweise eine Routineangelegenheit, bei der er durch einen Tunnel schwimmt und mit einem breiten Trageriemen aus Stoff hochgezogen wird. Aber der Wasserstand in dem verbindenden Tunnel war zu niedrig, sodass die Tiere nicht hindurchschwimmen konnten. Die drei Delfine mussten im offenen Wasser gefangen und dann auf die Trageriemen gelegt werden.

Der fest angestellte Mitarbeiter Etienne Francois und Jeff meldeten sich freiwillig, diese Arbeit zu tun. So sehr Jeff auch den Delfinen vertraute, er wusste, dass die Wahrscheinlichkeit, verletzt oder gebissen zu werden, bei fast 100 Prozent lag.

Wally ließ sich leicht aus dem Becken evakuieren, aber Teri und Katie wurden unberechenbar. Jedes Mal, wenn Jeff und Etienne Katie eingekreist hatten, stieß das kräftige Delfinweibchen sie mit ihrem harten Schnabel zurück.

Die zwei Männer kämpften fast 40 Minuten lang mit Katie und wurden dabei pausenlos von ihrem wild um sich schlagenden Schwanz attackiert. Unmittelbar bevor es ihnen schließlich gelang, sie in den Trageriemen zu hieven, versenkte sie ihre nadelspitzen Zähne in Jeffs Hand. Jeff beachtete die Wunde nicht weiter, sondern half auch dabei, Teri einzufangen und in den Transportbehälter zu heben.

Als die Delfine auf Knott's Berry Farm ankamen, war Katie erschöpft, aber ruhig. Später erzählte Suzanne Fortier ihren Freunden, dass die Delfine nur dank Jeffs Mut und Entschlossenheit sicher transportiert worden waren.

Heute ist Jeff angestellter Delfintrainer am Marine Animal Productions in Gulfport, Mississippi, wo er Programme für Schulen organisiert.

Bevor er nach Mississippi ging, gab Jeff für die 60 Kinder des Switzer Zentrums eine Vorführung am Aquarium. Er bemerkte, dass ein Junge namens Larry sich absonderte, um allein zu spielen. Jeff sah, dass Larry genauso ein Außenseiter war wie er damals. Also rief er ihn zu sich nach vorne und bat ihn, sich neben ihn zu stellen. Dann tauchte Jeff seine Arme in das Aquarium und fischte einen harmlosen, aber eindrucksvollen, ein Meter langen Hornhai aus dem Wasser. Die Kinder hielten überrascht die Luft an, und Jeff erlaubte Larry, das zappelnde Geschöpf stolz durch den Raum zu tragen.

Anschließend erhielt Jeff einen Brief, in dem stand: »Vielen Dank für Ihre eindrucksvolle Vorführung. Unsere Kinder kamen freudestrahlend zurück. Gleich mehrere Kinder erzählten aufgeregt, dass Larry den Hai tragen durfte. Dies war höchstwahrscheinlich der glücklichste und stolzeste Moment in seinem Leben. Besonders freut mich, dass auch Sie einmal unser Schüler gewesen sind. Sie sind für unsere Kinder ein großes Vorbild, denn Sie machen ihnen Hoffnung, dass auch sie es im Leben ›schaffen‹ können.« Der Brief stammte von Janet Switzer, der Gründerin des Zentrums.

Für Jeff hatte der Nachmittag noch einen anderen erfreulichen Moment. Während er sprach, entdeckte er seine Mutter und seinen Vater unter den Zuhörern. Er sah, wie sie ihm intensiv lauschten. Ihr Gesichtsausdruck zeigte Jeff, dass sie schließlich doch noch stolz auf ihren Sohn waren.

Jeff hat noch nie mehr als 14 800 Dollar im Jahr verdient und dennoch betrachtet er sich selbst als einen reichen und außergewöhnlich glücklichen Menschen. »Mein Leben ist sehr erfüllt«, sagte er. »Die Delfine haben mir als Kind so viel gegeben. Sie schenkten mir bedingungslose Liebe. Wenn ich daran denke, was ich den Delfinen schuldig bin...« Seine

Stimme stockt für einen Moment, und er lächelt. »Sie schenkten mir das Leben. Ich verdanke ihnen alles.«

Paula McDonald

An meinem Traum festhalten

Die ganze Sommersaison über hatten wir auf die Kreismeisterschaften in der Leichtathletik hingearbeitet. Jetzt war der Tag gekommen, und ich bereitete mich gerade auf den Lauf über 3200 Meter vor. Mein Fuß war immer noch nicht ganz ausgeheilt, sodass ich lange nicht wusste, ob ich überhaupt an dem Laufwettbewerb teilnehmen konnte.

»Achtung … fertig …« Die Startpistole feuerte, und wir liefen los. Die anderen Mädchen schossen auf und davon. Ich bemerkte, dass ich humpelte, und fühlte mich gedemütigt, als ich immer weiter zurückfiel.

Die Siegerin hatte mich zweimal überrundet, als sie die Ziellinie überquerte. »Hurra!«, schrie die Menge. Es war der lauteste Beifall, den ich jemals auf einer Meisterschaft gehört hatte.

»Vielleicht sollte ich aufgeben«, dachte ich, während ich weiterhumpelte. »Die Leute wollen bestimmt nicht warten, bis ich den Lauf beendet habe.« Dennoch lief ich aus irgendeinem Grund weiter. Die letzten beiden Runden waren sehr schmerzhaft und ich beschloss, im nächsten Jahr nicht an dem Laufwettbewerb teilzunehmen. Ich hatte keine Chance, auch wenn mein Fuß wieder in Ordnung war. Die Läuferin, die mich zweimal überrundet hatte, war einfach zu schnell.

Als ich im Ziel angekommen war, hörte ich Beifall. Er war genauso enthusiastisch wie der Beifall, den die Siegerin erhalten hatte. »Was geht hier vor?«, fragte ich mich. Ich drehte mich um und war mir sicher, dass der Beifall den Jungen galt, die sich gerade für den Lauf fertig machten. »Das wird es sein. Sie klatschen für die Jungen.«

Ich wollte gerade unter die Dusche gehen, als ein Mädchen im Gang mit mir zusammenstieß. »Du bist ja mutig!«, sagte sie zu mir.

Mutig? Sie muss mich mit jemandem verwechseln, ich bin gerade Letzte geworden, dachte ich.

»Ich wäre niemals in der Lage gewesen, die zwei Meilen durchzuhalten. Ich hätte schon nach der ersten Runde aufgegeben. Was ist mit deinem Fuß los? Hast du gehört, wie wir dir zugejubelt haben?«

Ich konnte es kaum glauben. Menschen, die mich gar nicht kannten, hatten mir zugejubelt. Und zwar nicht, weil ich gewonnen, sondern weil ich nicht aufgegeben hatte. Plötzlich hatte ich wieder Hoffnung. Ich fasste den Entschluss, im nächsten Jahr doch wieder am Laufwettbewerb teilzunehmen. Dieses Mädchen hatte meinen Traum gerettet.

An diesem Tag lernte ich zwei Dinge.

Erstens, es kann große Wirkung haben, wenn man freundlich zu jemandem ist und ihm etwas zutraut.

Und zweitens, Stärke und Mut lassen sich nicht immer an Siegen und Medaillen ablesen. Stärke und Mut zeigen sich darin, dass wir Schwierigkeiten und Hindernisse überwinden. Die stärksten Menschen sind nicht immer die, die gewinnen, sondern die, die nicht aufgeben, wenn sie verlieren.

Ich träume davon, eines Tages – vielleicht als Schülerin des Senior-Jahrgangs – einen Lauf zu gewinnen und dafür ebenso starken Beifall zu erhalten wie damals, als ich das Rennen als Freshman verlor.

Ashley Hodgeson

Vom Krüppel zum Weltklasseläufer

In Elkart, Kansas, hatten zwei Brüder jeden Morgen in der Schule eine bestimmte Aufgabe. Sie bestand darin, in dem großen, bauchigen Ofen, der im Klassenzimmer stand, Feuer zu machen.

An einem kalten Morgen kehrten die Brüder die Asche aus dem Ofen und füllten ihn mit Brennholz. Einer nahm die Büchse mit Kerosin, tränkte damit das Holz und entzündete das Feuer. Die Explosion erschütterte das alte Gebäude. Der ältere Bruder war sofort tot und der andere Junge erlitt schwere Verbrennungen an den Beinen. Später fand man heraus, dass eine Kerosinbüchse versehentlich mit Benzin gefüllt worden war.

Der behandelnde Arzt empfahl, die Beine des Jungen zu amputieren. Die Eltern waren entsetzt. Sie hatten schon einen Sohn verloren, und nun sollte der andere noch seine Beine verlieren. Zum Glück verloren sie nicht die Hoffnung. Sie baten den Arzt um eine Verschiebung des Amputationstermins, und dieser willigte ein. Jeden Tag baten sie den Doktor um Aufschub und beteten, dass die Beine ihres Sohnes wieder ganz gesund würden. Zwei Monate lang diskutierten die Eltern mit dem Arzt, die Beine abzunehmen oder nicht. Sie nutzten diese Zeit, um in dem Jungen den Glauben zu wecken, dass er eines Tages wieder gehen könne.

Die Beine des Jungen wurden nie amputiert, aber als der Verband schließlich abgenommen wurde, stellte sich heraus, dass sein rechtes Bein fast acht Zentimeter kürzer war als das andere. Die Zehen seines linken Fußes waren fast vollständig weggebrannt. Dennoch war der Junge fest entschlossen. Obwohl er nahezu unerträgliche Schmerzen hatte, trainierte er seine Beine jeden Tag, und irgendwann stieg er sogar unter großen Qualen ein paar Treppenstufen hoch. Sein Genesungsprozess vollzog sich langsam, aber stetig. Eines Tages konnte er auf seine Krücken verzichten und war fast wieder in der Lage, normal zu gehen. Es dauerte nicht lange, und er fing sogar an zu Laufen.

Dieser entschlossene junge Mann lief und lief und lief – bis ihn die Beine, die ihm beinahe amputiert worden wären, zum Weltrekord über eine Meile trugen. Sein Name? Glenn Cunningham, der zu seiner Zeit als »der schnellste Mensch der Welt« galt. Im Madison Square Garden wird er als Athlet des Jahrhunderts bezeichnet.

The Speaker's Sourcebook

Wenn

Wenn du einen klaren Kopf behalten kannst, während alle um dich herum ihn verlieren und es auf dich schieben,

wenn du dir vertrauen kannst, während alle an dir zweifeln, und du dabei ihre Zweifel auch verstehst;

wenn du warten kannst und nicht müde wirst zu warten, oder belogen wirst und nicht selbst zur Lüge greifst,

gehasst wirst, ohne dich selbst dem Hass hinzugeben, dabei weder zu milde dreinblickst noch zu klug daherredest:

Wenn du träumen kannst – ohne dich von deinem Traum beherrschen zu lassen;

wenn du denken kannst – ohne diese Gedanken zu deinem Ziel zu machen;

wenn du Triumph und Katastrophe begegnen kannst und diese beiden Hochstapler gleich behandelst;

wenn du es ertragen kannst, die Wahrheit, die du gesagt

hast, von Bösewichten verdreht zu hören, um eine Falle für Toren daraus zu machen,

oder die Dinge zerbrochen zu sehen, denen du dein Leben gewidmet hast,

und dich zu bücken und sie mit deinem abgenutzten Werkzeug wieder aufzubauen:

Wenn du deinen Gewinn zusammentragen und ihn auf einmal, alles oder nichts riskieren kannst,

und verlieren und wieder von vorne beginnen kannst, ohne auch nur ein Wort über deinen Verlust zu sagen;

wenn du Herz, Nerv und Sehne zwingen kannst, dir zu gehorchen, wenn sie längst ermattet sind,

und so durchzuhalten, wenn nichts mehr in dir ist außer deinem Willen, der ihnen sagt: »Haltet durch!«

Wenn du vor Menschenmengen reden kannst, ohne deine Tugendhaftigkeit zu verlieren, oder neben Königen stehen kannst – doch den *common touch* nicht verlierst,

wenn weder Feinde noch liebevolle Freunde dich verletzen können,

wenn alle auf dich zählen, aber keiner zu sehr;

wenn du eine erbarmungslose Minute füllen kannst mit sechzig vollen Sekunden eines Langstreckenlaufs,

gehört dir die Erde und alles, was darauf ist,

und – mehr noch – du wirst ein Mann sein, mein Sohn!

Rudyard Kipling

Heute keine Haare!

Egal, was du tust, liebe dich dafür, dass du es tust. Egal, was du fühlst, liebe dich dafür, dass du es fühlst.
THADEUS GOLAS

Wenn du 16 bist und vor dem Spiegel stehst, nimmst du dein Gesicht ganz genau unter die Lupe. Du leidest vielleicht darunter, dass deine Nase zu groß ist und du schon wieder einen neuen Pickel hast. Du fühlst dich unattraktiv und ärgerst dich, weil dein Haar nicht blond ist und dieser Junge im Englischunterricht dich noch nicht bemerkt hat.

Alison hatte nie solche Probleme. Bis vor zwei Jahren war sie ein schönes, kluges und beliebtes Mädchen. Sie spielte Lacrosse* in der Schulmannschaft und war Rettungsschwimmerin bei der Küstenwache. Mit ihrem großen schlanken Körper, ihren blauen Augen und ihrem kräftigen blonden Haar sah sie nicht wie eine High-School-Schülerin, sondern eher wie ein Modell für Bademoden aus.

Eines Tages kam Alison von der Küstenwache nach Hause und wusch sich das Salzwasser aus den Haaren. Als sie ihre sonnengebleichte Mähne nach vorne warf, um sie durchzukämmen, schrie ihre Mutter plötzlich: »Ali, was hast du getan?« Auf dem Kopf ihrer Tochter hatte sie soeben ein blankes Stück Haut entdeckt. »Hast du dir diese Stelle ausrasiert? Oder hat es jemand getan, während du geschlafen hast?« Schnell fanden sie eine Erklärung für den geheimnisvollen Haarausfall. Alison musste das Gummiband zu fest um ih-

* Ein Ballspiel, bei dem ein Netzschläger mit langem Griff zum Auffangen und Werfen des Balles dient. (Anmerkung des Übersetzers)

ren Pferdeschwanz gezogen haben. Es dauerte nicht lange, und der Vorfall war vergessen.

Drei Monate später entdeckte Alison eine neue kahle Stelle und kurz darauf noch eine. Bald war Alisons Kopfhaut mit quadratischen, haarlosen Stellen übersät. Die erste Diagnose lautete »einfach nur zu viel Stress«, und Alison sollte die betroffenen Stellen täglich mit einer Salbe einreiben. Als das nichts half, bekam sie alle zwei Wochen Kortisonspritzen, 50 Stück auf jede haarlose Stelle. Um ihre Kopfhaut, die von den vielen Spritzen ganz blutig geworden war, zu verbergen, durfte sie in der Schule, wo sonst strenge Kleidervorschriften galten, ausnahmsweise eine Baseballkappe tragen. Durch den Schorf wuchsen neue Haarsträhnen, aber nur, um zwei Wochen später wieder auszufallen. Schließlich wurde Alopezie bei ihr diagnostiziert, eine Krankheit, die zu vollständigem Haarausfall führt.

Ihr sonniges Gemüt und die Unterstützung, die sie durch ihre Freunde erfuhr, bewahrten Alison vor dem emotionalen Absturz. Dennoch gab es Situationen, in denen es schwer für sie war. Zum Beispiel als ihre jüngere Schwester mit einem Badetuch um den Kopf in ihr Zimmer kam, um sich die Haare kämmen zu lassen. Als die Mutter ihr das Handtuch vom Kopf nahm, betrachtete Alison das kräftige, wuschelige Haar, das ihre Schwester bis auf die Schultern fiel. Alison ergriff ihr eigenes dünnes Haar mit zwei Fingern und brach in Tränen aus. Es war das erste Mal, seit dem Beginn der Krankheit, dass sie weinte.

Irgendwann ging sie dazu über, statt der Kappe, die ihren kahlen Schädel nicht länger verbergen konnte, ein großes buntes Kopftuch zu tragen. Als nur noch ein paar dünne Strähnen übrig waren, wurde es Zeit, sich nach einer Perücke umzuschauen. Alison wollte jedoch keine mit langen blonden Haaren, um nicht den Anschein zu erwecken, als wäre nichts geschehen. Und so entschied sie sich für eine Perücke mit schulterlangem, kastanienbraunem Haar. Warum auch nicht? Alle veränderten doch ab und an ihre Frisur und färbten sich die Haare. Mit ihrem neuen Aussehen wuchs Alisons Selbstvertrauen. Als die Perücke ihr einmal im Auto einer Freundin bei geöffnetem Fenster vom Kopf geweht wurde, mussten sie alle gemeinsam lachen.

Je näher der Sommer kam, desto besorgter wurde Alison allerdings. Wenn sie im Wasser keine Perücke tragen konnte, wie konnte sie dann weiterhin als Rettungsschwimmerin tätig sein? »Warum nicht? Hast du etwa verlernt zu schwimmen?«, fragte ihr Vater, und Alison verstand, was er meinte.

Die unbequeme Badekappe trug sie nur einen Tag. Am nächsten Tag nahm sie all ihren Mut zusammen und ging mit kahlem Kopf schwimmen. Obwohl sie gelegentlich angestarrt und von unhöflichen Strandwanderern angepöbelt wurde – »Warum schert ihr verrückten Punks nur eure Schädel kahl?« –, gewöhnte sich Alison immer mehr an ihr neues Aussehen.

Als sie zu Beginn des Herbstes wieder in die Schule kam, hatte sie keine Haare, keine Augenbrauen und keine Wimpern, und ihre Perücke lag irgendwo im hintersten Winkel ihres Schranks. Sie kandidierte, wie sie es vorgehabt hatte, für das Amt des Schulsprechers und veränderte ihre Wahlkampfrede nur leicht. In einer Diashow präsentierte sie berühmte kahlköpfige Persönlichkeiten, von Gandhi bis Mr. Clean, und die gesamte Schüler- und Lehrerschaft krümmte sich vor Lachen.

In ihrer ersten Rede als Schulsprecherin ging Alison auf ihr Äußeres ein und beantwortete Fragen aus dem Publikum. Sie hatte ein T-Shirt an, auf dem vorne in großen Buchstaben stand: »Heute nicht gekämmt.« Sie zeigte auf den Schriftzug und sagte: »Wenn ihr morgens aufwacht und nicht in den Spiegel schauen wollt, könnt ihr dieses T-Shirt anziehen.«

Dann streifte sie sich ein anderes T-Shirt über und meinte: »Wenn ich am Morgen aufwache, ziehe ich mir dieses hier an.« Auf dem T-Shirt stand: »Heute keine Haare!« Alle jubelten und klatschten Beifall. Und Alison, schön, beliebt und klug – und außerdem Lacrossespielerin, Rettungsschwimmerin und jetzt auch noch Schulsprecherin – lächelte mit strahlend blauen Augen vom Podium.

Jennifer Rosenfeld und Alison Lambert

Ich habs geschafft!

Die Aufgabe, die vor uns liegt, ist niemals so groß wie die Kraft, die hinter uns steht.

DIE ANONYMEN ALKOHOLIKER

MAI 1989

Bis zu meinem High-School-Abschluss war nur noch ein Monat Zeit und ich war fest entschlossen, bei der Abschlussfeier mit einem manuellen Rollstuhl über die Bühne zu rollen. Man muss wissen, dass ich mit einer Gehirnlähmung geboren wurde und nicht laufen kann. Um für die Abschlussfeier zu üben, benutzte ich den manuellen Rollstuhl nun täglich in der Schule.

Anfangs war es schwierig für mich, den ganzen Tag auf dem Schulgelände herumzufahren und dabei noch vier bis fünf schwere Schulbücher zu transportieren, aber ich schaffte es. Viele boten mir in den ersten Tagen an, mich von Klasse zu Klasse zu schieben, aber nachdem ich mehrmals freundlich geäußert hatte: »Ich brauche weder Hilfe noch Mitleid«, verstanden alle den Hinweis und ließen mich mit eigener Muskelkraft durch die Schule fahren.

Schon zuvor hatte ich immer eine enorme Befriedigung verspürt, wenn ich meinen manuellen Rollstuhl benutzt hatte, aber jetzt, da ich mit ihm in der Schule herumfuhr, war der persönliche Gewinn, den ich daraus zog, noch größer, als ich es mir vorgestellt hatte. Nicht nur meine Einstellung gegenüber mir selbst hatte sich verändert, auch meine Mitschüler sahen mich in einem neuen Licht. Sie kannten meine Ausdauer und meine Entschlossenheit und respektierten mich deswegen. Der Entschluss, den manuellen Rollstuhl zu benutzen, war goldrichtig gewesen, denn er brachte eine große emotionale und physische Befreiung in mein Leben.

Der elektrische Rollstuhl hatte mir als Kind große Bewegungsfreiheit gegeben. Mit seiner Hilfe konnte ich überall dorthin gelangen, wohin ich es aus eigener Kraft nicht geschafft hätte. Je älter ich jedoch wurde, desto mehr erkannte ich, dass der elektrische Rollstuhl, einst ein Instrument der Freiheit, mich zunehmend einschränkte. Ich hatte das Gefühl, dass meine Abhängigkeit von dem elektrischen Rollstuhl meine sonstige Unabhängigkeit begrenzte. Und allein der Gedanke, für den Rest meines Lebens von irgendetwas abhängig zu sein, behagte mir gar nicht.

Für mich war die Benutzung des manuellen Rollstuhls während der Abschlussfeier ein symbolischer Akt. Ich wollte meine Zukunft als unabhängiger junger Mann beginnen – und daher wollte ich nicht in einem elektrischen Rollstuhl auf die Bühne. Und selbst wenn es 20 Minuten dauern sollte, bis ich einmal über die Bühne gerollt war, ich war entschlossen, den manuellen Rollstuhl zu benutzen.

14. JUNI 1989

Die Abschlussfeier. An diesem Abend marschierten wir Abschlussschüler in unserer Schulkleidung um den Pavillon und zu unseren Plätzen auf der Bühne. Ich saß stolz in meinem manuellen Rollstuhl in der ersten Reihe meiner Abschlussklasse.

Als mein Name vorgelesen wurde, erkannte ich, dass alles, was ich als Kind einmal erreichen wollte, nun Wirklichkeit geworden war. Ein Leben in Unabhängigkeit, auf das ich so hart hingearbeitet hatte, war nun in unmittelbarer Reichweite.

Ich fuhr langsam und konzentriert nach vorne zum Bühnenrand. Als ich dort angekommen war und aufschaute, sah ich, dass mir alle stehend Beifall spendeten. Stolz nahm ich mein Zeugnis in Empfang. Ich drehte mich zu meinen Klassenkameraden um, hielt das Zeugnis mit ausgestreckten Armen über meinen Kopf und schrie so laut ich konnte: »Ich habs geschafft… ich habs geschafft!«

Mark E. Smith

Wachsen

Ich ziehe nun hinaus ins Leben
und fürchte mich vor keinem Kampf.
Ich gehe nun, Mutter, hörst du mich?
Bitte wünsch mir heute alles Gute.

Meine Flügel sind stark, ich möchte fliegen
und mein Glück – egal wo – beim Schopfe packen.
Ich gehe, Mutter, hör auf zu weinen,
lass mich einfach meinen Weg finden.

Ich möchte schauen, hören und berühren,
auch wenn es Gefahren und Ängste gibt.
Ich werde immer wieder lächeln und meine Tränen trocknen,
bitte lass mich sagen, was ich denke.

Ich bin schon weg, um meine Welt zu finden,
meine Träume, meine eigene Art zu leben.
Aber wohin mich mein Weg auch führt,
ich werde dich immer lieben.

Brooke Mueller

Neue Anfänge

JUNI 1996

Liebe Tochter,

nun hast du es endlich geschafft! Die High-School liegt hinter dir und du bist bereit, die Reise ins Leben anzutreten. Ich weiß, du hast viele gemischte Gefühle. Das ist das Unangenehme an den entscheidenden Momenten im Leben – nur sehr selten geben sie uns ein klares Gefühl. Aber das ist eigentlich nicht weiter schlimm. Es trägt dazu bei, die guten Zeiten mehr zu genießen und die nicht so guten Zeiten besser zu ertragen.

Ich habe mir lange überlegt, was für einen klugen Ratschlag ich dir mit auf den Weg geben soll. Das ist gar nicht so leicht, denn als Mutter stehe ich immer vor der Entscheidung: Was sage ich jetzt und was lasse ich dich lieber selbst erfahren? Schließlich kam ich zu dem Entschluss, dir kleine Einsichten zu den grundlegenden Fragen des Lebens anzubieten. Viele Menschen gehen durchs Leben, ohne diesen Fragen jemals auch nur die geringste Beachtung zu schenken. Was sehr schade ist, denn wenn du versuchst, diese Fragen zu beantworten, kannst du wunderbare Entdeckungen machen. Die Fragen können aber auch ernüchternd sein. Wenn du denkst, du hast die richtige Antwort gefunden, stößt du schon auf die nächste Frage. (Was erklärt, warum selbst ich im bereits fortgeschrittenen Alter über keinerlei Antworten verfüge!) Ich hoffe jedenfalls, dass dir dieser Brief, in dem ich etwas von mir selbst und meiner Seele mit dir teilen möchte, hilft, die folgenden Fragen zu beantworten, wenn sie dir begegnen.

Wer? Ich brauchte eine Zeit, bis ich erkannte, dass dies höchstwahrscheinlich die wichtigste Frage von allen ist. Lass dir Zeit damit, herauszufinden, wer du bist, und sei immer du selbst. Versuche immer ehrlich dir selber gegenüber zu sein, behandle dich und andere mit Respekt und sei glücklich. Wenn du mit dir selbst im Reinen bist, gerät alles andere ins Lot. Versteck dich nicht hinter äußeren Besitztümern, sondern sieh immer zu, das du wachsen und dich verändern kannst. Und denk immer daran, dass du nicht allein bist – du hast deine Familie, deine Freunde, deinen Schutzengel und Gott (wenn auch nicht notwendigerweise in dieser Reihenfolge!).

Was? Diese Frage ist tückisch, und am Anfang hat sie mich ziemlich verwirrt. Ich dachte, die Frage lautete: »Was will ich heute tun?« Erst als ich fragte: »*Was ist meine Leidenschaft?*«, wurde es für mich interessant. Entdecke, was in deinem Inneren brennt und dich am Leben erhält, und gib ihm immer mehr Raum. Zerleg es in alle Einzelteile und füge es wieder zusammen, aber lass es nie außer Acht. Tue nur das, was du aus innerer Liebe heraus tust. Die Freude, die daraus entsteht, führt dich durch die trübseligen Momente im Leben.

Wann? Auch diese Frage ist nicht einfach, aber vergiss sie nie. Sie hält dich im Gleichgewicht. Einige Dinge tut man am besten gleich. Ein Hinausschieben verursacht meistens nur mehr Arbeit. Aber denk daran, dass alles seine Zeit braucht und man ein paar Dinge besser auf morgen verschiebt. Auch wenn es dir schwer fällt, nimm dir die Zeit, dich auszuruhen und genieße jeden neuen Tag. Im Laufe der Zeit lernst du zu unterscheiden zwischen dem Vergnügen, bestimmte Dinge jetzt zu tun und der einzigartigen Freude, auf Dinge zu warten und sie erst zu planen.

Wo? Überraschenderweise ist das die leichteste Frage. Wenn du weißt, dass du immer dort zu Hause bist, wo dein Herz ist, wirst du immer die richtige Antwort finden. Nimm immer aktiv am Gemeinschaftsleben teil und entdecke seinen speziellen Zauber. Denk immer daran, dass ein bisschen Freundlichkeit viel bewirken kann und dass du wirklich die Welt verändern *kannst*.

Warum? Hör nicht auf, dir diese Frage zu stellen, denn sie bewahrt dich vor Stillstand und lässt dich wachsen. Lass es zu, dass sie dich herausfordert, wenn du zu bequem geworden bist. Lass sie dich anschreien, wenn du Entscheidungen triffst. Hör, wie sie dir zuflüstert, wenn du nicht mehr weißt, wer du bist und was du willst und wo du sein möchtest. Sei aber auch auf der Hut. Manchmal erscheint jahrelang keine Antwort, und manchmal kommt sogar nie eine. Das Erkennen dieser grundlegenden Tatsache hält dich lebendig und erlaubt dir, den nächsten Schritt zu tun.

Wie? Oh, das ist die Frage, zu der ich dir keinen Ratschlag geben kann, denn nur du kannst sie für dich beantworten. Aber du hast in den vergangenen Jahren so viel erreicht, ich weiß, dass du auch in Zukunft deinen eigenen Weg finden wirst. Verlier einfach nie den Glauben an dich selbst und daran, dass Wunder tatsächlich geschehen können. Denk daran, dass die großartigsten Entdeckungen erst kommen, wenn du über Fragen stolperst. Und vergiss bitte nicht – niemals –, dass ich dich liebe.

Herzlichen Glückwunsch zu deinem neuen Anfang.

Alles Liebe,

Mom

Paula (Bachleda) Koskey

Danksagung

Tausend Stimmen sind nötig, um eine einzige Geschichte zu erzählen.
ALTES INDIANISCHES SPRICHWORT

Es brauchte zwei Jahre, um dieses Buch zu schreiben, zusammenzustellen und herauszugeben. Die Arbeit hat uns viel Spaß gemacht und uns tief berührt. Besonders die Zusammenarbeit mit hunderten von Jugendlichen und Erwachsenen, die diesem Projekt nicht nur ihre Zeit und Aufmerksamkeit, sondern ihr ganzes Herzblut gegeben haben, war großartig. Wir möchten gern den nachfolgenden Personen für ihre Beiträge und Unterstützung danken, ohne die dieses Buch nie zu Stande gekommen wäre.

Wir danken unseren Familienangehörigen Georgia, Christopher, Oran, Kyle, Patty, Elisabeth, Melanie, John und Jesse für ihre Hilfe beim Arbeitsprozess an diesem Buch, der unglaublich viel Zeit verschlungen hat. Vielen Dank, dass ihr uns den Raum, die Zeit und die emotionale Unterstützung gegeben habt, die wir brauchten, um unserer Leidenschaft zu folgen und das zu vollenden, was oft schier endlos erschien. Wir lieben euch alle mehr, als Worte es jemals ausdrücken könnten.

Unser besonderer Dank gilt den Jugendlichen, mit denen wir zusammengearbeitet haben, um herauszufinden, ob die Themen dieses Buches auch tatsächlich interessant für junge Menschen sind. Wir danken Lisa Gumenick, deren Enthusiasmus die ganze Gruppe angesteckt hat; Lisa Rothbard, deren freundliche und aufrichtige Art alle berührt hat; Bree Abel für ihre Zielgerichtetheit und ihre ansteckende Zuversicht; Hana Ivanhoe für ihren ausgeprägten Charakter und ihre Offenheit; Jamie Yellin für ihr großes Herz und ihre humorvolle Art und Lia Gay, die ihre Weisheit immer so großzügig verteilt hat. Ihr alle seid das Herz dieses Buches, und wir danken und lieben euch. Wir möchten auch euren Eltern danken, dass sie Verständnis hatten für die Wichtigkeit unserer Treffen und dass sie für euer pünktliches Erscheinen gesorgt haben.

Wir danken:

Heather McNamara, die das endgültige Manuskript mit Leichtigkeit, Talent und Klarheit zusammengestellt und lektoriert hat. Wir schätzen deine unglaubliche Fähigkeit, alles in unfertigem Zustand anzunehmen und in eine endgültige Form zu bringen. Du bist in dem, was du tust, eine wahre Meisterin.

Patty Aubrey, für dein Bemühen, uns das Leben zu erleichtern. Danke für die vielen Male, wo du die entscheidende Veränderung herbeigeführt hast. Du bist die Beste!

Nancy Mitchell, für die unzähligen Stunden, die du damit verbracht hast, Druckgenehmigungen für die Geschichten einzuholen, und für deinen unbestechlichen Sinn dafür, was funktioniert und was nicht. Dein Engagement und deine Hingabe – und ebenso deine Detektivarbeit im Internet – sind erstaunlich!

Jessie Braun, die jede Geschichte gelesen hat (und davon gab es viele!) und uns freundlich darauf hingewiesen hat, welche Texte nicht passten, indem sie sie einfach nicht abgetippt hat. Du hast mit 18 mehr drauf als mancher Erwachsene. Dieses Buch wäre ohne dich undenkbar.

Den Schülern der John-F.-Kennedy-High-School in Granada Hills, Kalifornien, für das intensive Feedback und die wertvollen Vorschläge zur Verbesserung der ersten Version des Manuskripts. Unser besonderer Dank gilt Willy Ackerman als Organisator dieses umfassenden Projekts.

Kim Foley, deren engagierte Unterstützung von Kimberly Kirberger unsere Herzen mit tiefer Dankbarkeit erfüllt. Du bist eine bemerkenswerte Person.

Allen, die das Originalmanuskript gelesen, Verbesserungsvorschläge gemacht und uns dabei geholfen haben, die letztendliche Auswahl zu treffen: Bree Abel, Christine Belleris, Jessie Braun, Morgan Brown, Kyle Canfield, Taycora Canfield, Matthew Diener, Pegine Echivaria, Kim Foley, Sima Freed, Steve Freedman, Lia Gay, Jessica Ghaemmaghami, Randee Goldsmith, Lisa Gumenick, Alejandra Hernandez, Hana Ivanhoe, Ben Kay, Lauren Leb, Katy Leicht, James Malinchak, Maggie McQuisten, Dave Murcott, Lisa Rothbard, Hilary Russell, Alyson Sena, Marci Shimoff, Ben Watkins und Linda Zehr.

Pegine Echivaria, Jim Hullihan, James Malinchak und Jack Schlatter für eure wichtige Arbeit mit Jugendlichen und dafür, dass ihr viel Zeit investiert habt, als wir Unterstützung und Expertenrat in Bezug auf die heutige Welt der Teenager brauchten.

Peter Vegso und Gary Seidler von unserem Herausgeber Health Communications Inc. für euren Glauben an dieses Buch und eure harte Arbeit, es in die Hände von Millionen von Lesern gelangen zu lassen. Wir danken euch, Peter und Gary!

Christine Belleris, Matthew Diener und Mark Colucci, unseren Lektoren vom Verlag Health Communications Inc. für euer unablässiges Bemühen, dieses Buch auf einen hohen Qualitätsstandard zu bringen.

Fred Babb für deine kreativen Ideen bei der Gestaltung der Titelseite dieses Buches.

Kim Weiss und Arielle Ford für eure hervorragende Werbung, um dieses Buch bekannt zu machen.

Teresa Spohn, Veronica Romero, Rosalie Miller, Lisa Williams, Julie Barnes und Kathleen Long für die Bewältigung der Büroarbeiten, sodass wir uns auf die Fertigstellung des Buches konzentrieren konnten.

Terri Andruk und Clay White für euer köstliches Essen und eure nette Art.

Leight Taylor, Jessie Braun und Trudy Klefstad, deren ausgezeichnete Schreibarbeit dazu beigetragen hat, dass wir dieses Projekt rechtzeitig zum Abschluss bringen konnten.

Dale Lindholm und Brad Frye dafür, dass ihr immer da wart, wenn wir euch brauchten. Ihr seid wirklich klasse!

Nancy Berg, Eileen Lawrence, Sharon Linnéa Scott, Dave Murcott und Jane Watkins, die aus den schwierigeren Texten wunderbar bewegende Geschichten gemacht haben. Vielen Dank für euer Talent und euer Arbeitstempo!

Den mehr als 1500 Menschen, die uns ihre Geschichten und Gedichte zur Verfügung gestellt haben: Ihr seid alle großartig! Auch wenn viele von euren Texten wunderbar waren, passten leider nicht alle in die Gesamtstruktur des Buches. Aber dennoch habt ihr uns vergnügliche und inspirierende Lesestunden damit bereitet. Vielen Dank.

Da das Projekt so umfangreich war, ist es möglich, dass einige Personen nicht namentlich erwähnt wurden, die uns ebenfalls bei der Arbeit geholfen haben. Sollte dies der Fall sein, so bitten wir um Entschuldigung. Wir bedanken uns für die Hilfe, die uns von allen Seiten zuteil wurde und dieses Buch möglich machte.

Wir lieben euch alle!

Schreiben Sie uns

Wir würden gerne wissen, wie Ihnen die Geschichten in diesem Buch gefallen haben. Schreiben Sie uns, welches Ihre Lieblingsgeschichte ist und was Sie besonders beeindruckt hat. Senden Sie uns bitte auch Geschichten, die Sie gerne in *Noch mehr Hühnersuppe für die Seele – Für Jugendliche* veröffentlicht sehen möchten. Es können Geschichten sein, die Sie selbst erlebt und aufgeschrieben haben oder die Sie irgendwo gelesen haben. (Bitte nicht länger als 1200 Wörter.)

Senden Sie Ihre Geschichten und Beiträge einfach an folgende Adresse:

Chickensoup for the Teenage Soul
P.O. Box 30880
Santa Barbara, CA 93130
Tel.: 805-563-2935
Fax: 805-563-2945
Web-Seite (mit E-Mail):
http:/www.chickensoup.com

Wir hoffen, Sie haben beim Lesen dieses Buches so viel Freude gehabt, wie wir beim Schreiben und Zusammenstellen der Geschichten hatten.

Wer ist Jack Canfield?

Jack Canfield ist Bestsellerautor und einer von Amerikas führenden Experten in der Entwicklung des menschlichen Potenzials und persönlicher Effektivität. Er ist sowohl ein dynamischer, unterhaltsamer Redner als auch ein gefragter Trainer mit der wundervollen Fähigkeit, seine Zuhörer dazu zu bringen, ihre Herzen zu öffnen und an ihre Träume zu glauben. Er ist Koautor zahlreicher Bücher, unter anderem von denen der Reihe »Hühnersuppe für die Seele« (zusammen mit Mark Victor Hansen).

Jack leitet ein jährlich stattfindendes achttägiges Programm zur Schulung von Trainern in den Bereichen Selbstbewusstsein und individuelle Höchstleistung. Es zieht Pädagogen, Berater, Unternehmenstrainer, Berufsredner, Geistliche und andere an, die daran interessiert sind, ihr rednerisches Talent und ihre Befähigung, Seminare zu leiten, zu entfalten.

Für weitere Informationen über Jacks Bücher, Audio- bzw. Videokassetten und Trainingsprogramme wenden Sie sich bitte an:

The Canfield Training Group
P.O. Box 30880, Santa Barbara, CA 93130
Tel.: 800-237-8336 Fax: 805-563-2945
Web-Seite: http:/www.chickensoup.com
E-Mail(Sendeadresse): soup4soul@aol.com
E-Mail (Empfangsadresse für Informationen via E-Mail):
Chickensoup@zoom.com

Wer ist Mark Victor Hansen?

Mark Victor Hansen ist ein Berufsredner, der in den letzten zwanzig Jahren über 4000 Präsentationen vor mehr als 2 Millionen Menschen in 32 Ländern durchführte. Seine Präsentationen behandeln Verkaufsoptimierung und Verkaufsstrategien, persönliche Kraftentfaltung und Weiterentwicklung und Wege wie man sein Einkommen verdreifachen und seine Freizeit verdoppeln kann. Mark hat es sich zum Ziel gesetzt, eine grundlegende und positive Veränderung im Leben von Menschen herbeizuführen. Während seiner ganzen Laufbahn hat er hundertausende von Menschen dazu inspiriert, eine kraftvollere und sinnvollere Zukunft für sich zu gestalten. Mark ist ein produktiver Schriftsteller und der Verfasser vieler Audio- und Videoprogramme zum Thema persönliche Kraftentfaltung. Er ist Koautor der Reihe »Hühnersuppe für die Seele« (zusammen mit Jack Canfield).

Wenn Sie Kontakt zu ihm aufnehmen wollen, wenden Sie sich an folgende Adresse:

711 W. 17th Street, # D2
Costa Mesa, CA 92627
Tel.: 714-759-9304 oder 800-433-2314

Wer ist Kimberly Kirberger?

Kimberly Kirberger hat in ihrem Leben viel Erfolg gehabt, aber besonders stolz ist sie darauf, dass sie von vielen Jugendlichen als Freundin betrachtet wird. Als sie begann, zusammen mit Jack und Mark Material für *Hühnersuppe für die Seele – Für Jugendliche* zu sammeln, wurde ihr schnell klar, dass die endgültige Entscheidung über die ausgewählten Texte bei den Jugendlichen selbst liegen sollte. Um das zu erreichen, stellte sie eine Gruppe von Jugendlichen zusammen und bat sie, sich Gedanken darüber zu machen, welche Themen sie gerne in dem Buch hätten, und ihr dann dabei zu helfen, die besten Geschichten für die jeweiligen Bereiche auszusuchen. Kimberly wollte damit sicherstellen, dass dieses Buch Jugendliche wirklich anspricht und interessiert.

Kimberly ist auch eine international anerkannte Schmuckdesignerin mit einer eigenen Kollektion. Sie hat für viele Fernsehshows und Spielfilme Schmuck kreiert.

Für weitere Informationen über zukünftige Bücher der Serie *Hühnersuppe für die Seele* sowie über Kimberlys Schmuck wenden Sie sich bitte an:

Kimberly Kirberger
P.O. Box 936, Pacific Palisades, CA 90272
Tel.: 310-573-3656. Fax: 310-573-3657
E-Mail: jewels24@aol.com

Über die Autorinnen und Autoren

Ein paar Geschichten stammen aus den Büchern, die weiter unten im Nachweis der Abdruckgenehmigungen aufgeführt sind. Viele Geschichten und Gedichte stammen von Autoren, die auf die Arbeit mit Jugendlichen spezialisiert sind. Die meisten Geschichten sind jedoch ein Beitrag von normalen Lesern, die unserer Aufforderung gefolgt sind und uns ihre Story geschickt haben. Viele von ihnen sind selber Jugendliche. Auch über diese Personen stellen wir Informationen bereit.

Dr. Eric Allenbaugh ist Unternehmensberater und Bestsellerautor. Eric war in über 300 TV- und Radiotalkshows zu Gast und sprach dort über Führungsqualifikationen und Lebenseinstellungen. Seine Seminare gelten als »lebensverändernd«.

Kif Anderson ist gerade dabei, sich einen Namen zu machen mit einzigartigen Vorträgen, in denen er seine Zuhörer mit einer Mischung aus Magie, Motivation und Vergnügen inspiriert. Er schreibt monatlich eine Kolumne für das Online-Magazin *Lighten Up! America* und ist Autor mehrerer Bücher über Magie.

Chris Blake lehrt Englisch und Kommunikation am Union College in Lincoln, Nebraska. Er ist außerdem Autor und ehemaliger Herausgeber des Magazins *Insight*.

blue jean magazine versteht sich als alternative Frauenzeitschrift. *blue jean* ist frei von Werbung und Supermodels und verzichtet auf Schönheits- und Modetipps. Den Herausgebern, einer Gruppe junger Frauen, kommt es in erster Linie darauf an, das zu veröffentlichen, was junge Frauen fühlen, denken und tun.

Jason Bocarro macht zur Zeit seinen Doktor an der Texas A&M University. Er stammt aus London und arbeitete die letzten fünf Jahre mit gefährdeten Jugendlichen in Nova Scotia, New Hamphsire und Texas. Er ist sowohl Autor als auch Koautor.

Eva Burke ist Studentin am Central Florida Community College und plant einen Wechsel zur University of Central Florida, um ihre Ausbildung zur Sozialarbeiterin abzuschließen. Eva schreibt bereit seit ihrer Kindheit, am liebsten Gedichte.

Jack Cavanaugh ist bei der *New York Times* verantwortlich für die Sportseiten. Er hat auch für andere bedeutende Zeitungen und Zeitschriften gearbeitet und von allen großen Sportveranstaltungen der Welt berichtet. Zwischenzeitlich war er auch Nachrichtenreporter für die Fernsehsender ABC und CBS. Darüber hinaus hat Jack Schreibkurse an der Universität von Connecticut und am Norwalk Community Technical College in Norwalk, Connecticut, geleitet. Er lebt in Wilton, Connecticut.

Diana L. Chapman ist seit 11 Jahren Journalistin. Ihr Spezialgebiet sind interessante Geschichten über Menschen. 1992 wurde bei Diana multiple Sklerose diagnostiziert und sie schreibt gegenwärtig an einem Buch über Gesundheitsfragen. Sie ist seit acht Jahren verheiratet und hat einen Sohn.

Nick Curry III stammt aus Korea und wurde im Alter von vier Jahren von einer amerikanischen Familie adoptiert. Er war Klassensprecher, spielt Fußball und Baseball und will Golfprofi werden. Er geht in Orlando, Florida, zur Schule.

Melissa Esposito schrieb ihre Geschichte 1992, als 16-jährige High-School-Schülerin. Sie hat zwei Schwestern, Emma und Kathryn. Kathryn kam zur Welt, nachdem Melissa ihre Geschichte geschrieben hatte. Melissa hieß sie in der Familie willkommen und hatte nicht mehr die Angst, die sie bei Emma gehabt hatte.

Jennie Garth spielte sieben Jahre lang die Rolle der »Kelly« in der Fernsehserie *Beverly Hills, 90210*, die auch im deutschen Fernsehen lief. Sie begann ihre Karriere als Schauspielerin 1993 und produziert inzwischen auch selbst Filme. Jennie stammt aus Champaign, Illinois, und zog mit 13 nach Phoenix, Arizona. Als sie 15 war, ging sie zusammen mit ihrer Mutter nach Los Angeles, um ihren Traum von der Schauspielerei zu verwirklichen.

Lia Gay ist eine 16-jährige High-School-Schülerin aus Santa Monica in Kalifornien. Sie liebt es, Geschichten und Gedichte zu schreiben, und möchte gerne Schriftstellerin werden. Sie hatte großen Anteil an der Konzeptentwicklung und Textzusammenstellung dieses Buches.

Lisa Gumenick ist 15 Jahre alt und besucht die High-School in Pacific Palisades, Kalifornien. Sie lebt zusammen mit ihrer Mutter, ihrem Vater und ihrer Schwester. Ihr älterer Bruder ist Student der Brown University. Lisa mag ihre Freunde, gute Gespräche, Tanzen und Malen.

Barbara Hauck geht im 2. Jahr auf die High-School und liebt Katzen, Sport, Musik, Mathematik, Computer, Schreiben und Malen. Als begeisterte Polospielerin hofft Barbara auf ein College gehen zu können, wo sie Polo als Wettkampfsport betreiben kann.

Andrea Hensley hat fünf Sommer lang Kinderferienlager der Heilsarmee betreut. Im Augenblick arbeitet Andrea als Aushilfslehrerin im Renton School District.

Jennifer Love Hewitt spielt die Sarah Reeves in der Fernsehserie *Party of Five*, die einen Golden Globe gewonnen hat. Außerdem ist sie oft in Spielfilmen zu sehen. Als begnadete

Sängerin hat sie 1996 für Atlantic Records eine eigene CD aufgenommen.

Ashley Hodgson, 15, begann ihre Schreibkarriere in der fünften Klasse, als sie mit der Geschichte über ihre persönliche Heldin einen Schreibwettbewerb gewann. Neben dem Schreiben interessiert sie sich noch für Rhetorik, Leichtathletik und wissenschaftliche Projekte.

Jim Hullihan ist ein international bekannter Filmproduzent. Er gestaltet und organisiert Seminare für Führungskräfte. Seine Multimediaprogramme zur Motivation sehen jährlich 4 Millionen Menschen. Amerikas erstes Magazin für Jugendliche auf CD-Rom mit dem Titel *Sweet! Digizine* wurde von ihm erfunden. Jim ist einer der führenden Experten in Sachen Motivation.

Randal Jones leitet Seminare zum Thema Denkfähigkeit und Persönlichkeitsstruktur und hilft Menschen, die größtmögliche Effektivität und Befriedigung aus ihrem Leben und ihrer Arbeit zu ziehen.

Paula (Bachleda) Koskey ist glückliche Mutter dreier Kinder, von denen das älteste schon über das Teenageralter hinaus ist. Sie dankt ihren Kindern für die Inspiration und Ermutigung, die sie stets von ihnen empfangen hat. Ihr seelisches Gleichgewicht hält sie durch Schreiben, Spazieren gehen, Schokoladeessen und den Glauben an Wunder. Sie ist außerdem Autorin eines Kinderbuchs.

Tom Krause ist seit über 18 Jahren Erzieher und Coach in Missouri. Seine große Erfahrung mit Schülern und Studenten jeden Alters fand ihren Niederschlag in vielen Geschichten und Gedichten.

Chris Laddish geht im 1. Jahr auf die High-School in San Rafael, Kalifornien. Er hat schon immer gern geschrieben und zweimal hintereinander den Philips-Literatur-Wettbewerb gewonnen. Er träumt davon, Dramatiker oder Journalist zu werden. Chris fährt gern mit dem Mountainbike oder Inlineskatern und kann stundenlang im Internet surfen. Er ist das jüngste von sechs Kindern und lebt schon sein ganzes Leben in San Rafael.

Alison Lambert ist Mitglied der Abschlussklasse 2000 an der University of Pennsylvania in Philadelphia. Sie ist bei der Freiwilligen Feuerwehr in Newtown, Pennsylvania, die Expertin für Erste Hilfe. Ali ist darüber hinaus Rettungsschwimmerin der Küstenwache in Long Beach Township, New Jersey.

Katie Leicht stammt aus Indianapolis und ist dort Cheerleader. Sie beteiligt sich gern an freiwilligen Projekten, besonders an Kampagnen gegen den Gruppenzwang.

James Malinchak, 27, ist Autor von zwei erfolgreichen Büchern für Schüler und Studenten. Er hat sich auf motivierende und inspirierende Präsentationen für Teenager und Collegestudenten überall auf der Welt spezialisiert. Er gilt als »Amerikas Teenager Motivator Nummer 1«.

Paula McDonald hat bereits über eine Million Bücher zum Thema Beziehungen verkauft und weltweit viele Auszeichnungen als Kolumnistin, Verfasserin von Leitartikeln und als Fotojournalistin bekommen. Sie schreibt für große amerikanische Magazine und ist Gast in vielen großen Fernsehshows. Das Leben ist für Paula ein endloses Abenteuer, auf das man sich ganz und gar einlassen sollte. Sie wohnt glücklich und zufrieden in Rosarito, Mexiko, am Strand.

Rick Metzger hält Vorträge und leitet Seminare zum Thema: Wie kann man seine Fähigkeiten und Talente erkennen und nutzen? Als amtierender Weltmeister im Gewichtheben weiß er, was es heißt, sich zu motivieren und sich Ziele zu stecken. Seine Botschaft erreicht Millionen.

Chick Moorman leitet das »Institute for Personal Power«, eine Beratungsfirma, die es sich zum Ziel gesetzt hat, Erzieher und Eltern auf hochqualifizierte, professionelle Weise zu unterstützen. Sein letztes Buch »Where the Heart is: Stories of Home and Familiy« feiert die familiären Tugenden Stärke, Liebe, Toleranz, Hoffnung und Engagement füreinander.

Brooke Mueller ist 17 Jahre alt und hat ihr ganzes Leben in Anchorage, Alaska, zugebracht. Mit acht Jahren fing sie an zu schreiben, ihre weiteren Hobbys sind Malen und Klavier spielen. Sie liebt alles, was das Leben in Alaska bietet, z.B. die Elch- und Karibujagd, Fischen und Ski fahren.

Kent Nerburn hat sich als Autor, Bildhauer und Erzieher intensiv mit den indianischen Traditionen befasst. Er leitete zwei Buchprojekte mit dem Ziel, mündliche Überlieferungen festzuhalten. Außerdem ist er der Herausgeber von drei viel beachteten Büchern über indianische Themen. Kent ist Doktor der Theologie und Kunst und lebt mit seiner Familie in Bemidju, Minnesota.

Theresa Peterson ist High-School-Schülerin und aktives Kirchenmitglied. In ihrer Freizeit liest und schreibt sie viel und unternimmt gerne etwas mit ihren Freunden. Sie ist eine warmherzige Person, deren Loyalität ihren Freunden und ihrer Familie gegenüber bewundernswert ist.

John Powell ist Jesuit und Professor an der Loyola-Universität in Chicago. Er ist ein bekannter Redner, Lehrer und Bestsellerautor zum Thema persönliches Wachstum und spirituelle Entwicklung. Sein Ansatz beruht auf einer Kombination von Psychologie und Religion.

Daphna Renan ist zurzeit im 1. Jahr auf dem Yale College. Als sie in die sechste Klasse kam, war sie bereits sechsmal umgezogen. In dieser Zeit hat sie den Wert tiefer Freundschaften schätzen gelernt. Daphna möchte all denen danken, die ihr Leben mit Liebe, Lachen und Lernen erfüllt haben.

Sheila K. Reyman ist eine staatlich geprüfte Lehrerin am Community College. Als Beraterin und Trainerin eines Familienprogramms für Kinderbetreuung bietet Sheila im ganzen Land Workshops an. Sie diskutiert immer wieder mit Jugendlichen über eine positive Lebenseinstellung und die richtige Zielsetzung.

Jennifer Rosenfeld ist Karriereberaterin und schreibt gerade an einem Karriereratgeber für Frauen. Sie liebt es, von inspirierenden weiblichen Karrieren zu hören.

Bill Sanders hat auf Grund seines hohen Bekanntheitsgrades großen Einfluss auf das Leben von Jugendlichen. Er ist Autor von 13 Büchern und zahllosen Kassettenprogrammen und schreibt zwei Bücher pro Jahr. Bill Sanders lebt mit seiner Familie in Kalamazoo, Michigan.

Jack Schlatter ist eine weithin bekannte Persönlichkeit und hat sich als Redner und Autor einen Namen gemacht. Mit den Büchern der Reihe »Chicken Soup for the Soul« ist er eng verbunden. Er ist in den Videoversionen der Chicken-Soup-Serie zu sehen und auf den Audioversionen zu hören. Seine Beiträge sind voller Humor, Weisheit und Inspiration.

Veronica A. Shoffstall ist Anhängerin der Bahai-Religion, deren Lehre besagt, dass alle Menschen einer einzigen Rasse entstammen und von einem einzigen Gott erschaffen wurden. Ihr ganzes Leben lang hat sie versucht, dem Sinn der Welt mit Worten auf die Spur zu kommen. Inzwischen Mitte 40, versucht sie, der Weisheit ihrer Jugend auf die Schliche zu kommen und die Lektionen zu lernen, die ihr Gedicht »Nach und nach« ausdrückt, das sie mit 19 Jahren geschrieben hat.

Mark E. Smith ist Autor und ein gefragter Redner, der die wertvollen Erfahrungen seines Lebens mit einer Gehirnlähmung jährlich an tausende Menschen weitergibt. Mark hat eine Autobiographie geschrieben, die er im Selbstverlag vertreibt.

Jason Summey ist ein 15-jähriger High-School-Schüler, der mit einem Publikum umzugehen vermag wie ein 40-jähriger Profi. Er hält regelmäßig Vorträge über sein Projekt »Be cool… Stay in School!« und schreibt zurzeit ein Buch über dieses Thema.

Terri Vandermark machte 1983 ihren Abschluss an der Johnson City High-School. Sie verbrachte die ersten fünf Jahre nach ihrem Abschluss in der Altenpflege. Noch heute hat sie viel Freude daran, anderen Menschen zu helfen. Sie liebt es zu schreiben und Bücher aus der Reihe »Chicken Soup for the Soul« zu lesen. Ihr jüngster Traum ist in Erfüllung gegangen – ihre Geschichte wurde in »Chicken Soup for the Teenager Soul« veröffentlicht.

Sarah Vogt wuchs in Columbus, Indiana, auf. Zurzeit lebt sie in Südflorida und arbeitet als PC- und Netzwerkprogrammiererin bei einer großen Firma. Computer sind ihr Hobby und sie verdient damit ihren Lebensunterhalt, das Schreiben hingegen ist ihre Leidenschaft.

Mary Jane West-Delgado ist Physiotherapeutin und Autorin von Kurzgeschichten und Cartoons. Sie ist Vorsitzende der Toe Bumpers Inc., die witzige und dekorative Sicherheitsprodukte für zu Hause herstellt.

Sharon Whitley war früher Lehrerin an einer zweisprachigen Grundschule und hat an einer High-School unterrichtet. Ihre Artikel sind in bekannten Magazinen erschienen, u. a. im Reader's Digest und dem Los Angeles Times Magazine.

Amy Yerkes studiert zurzeit an der University of Maryland in College Park. Sie möchte gerne im Bereich Öffentlichkeitsarbeit Karriere machen und schreibt in ihrer Freizeit Gedichte.

Dr. Bettie B. Youngs ist vielen Menschen im pädagogischen Bereich wohl bekannt. Sie ist Autorin von 14 Büchern, die in 30 Sprachen übersetzt wurden. Ihr Beitrag entstammt ihrem Buch »You and Self-Esteem: A Book for Young People«.

Abdruckgenehmigungen

Wir möchten den Herausgebern und Autoren für die Erlaubnis danken, das folgende Material nachzudrucken. (Die Geschichten, die anonym verfasst wurden, auf die kein Urheberrecht mehr besteht oder die von Kimberly Kirberger geschrieben wurden, sind hier nicht enthalten.)

Nach und nach. Nachgedruckt mit Genehmigung von Veronica A. Shoffstall. © 1971 Veronica A. Shoffstall.

Seelengefährten. Nachgedruckt mit Genehmigung von Fran Leb. © 1996 Fran Leb.

Die »geplatzte« Verabredung. Nachgedruckt mit Genehmigung von Jack Schlatter. © 1996 Jack Schlatter.

Mein erster Kuss. Nachgedruckt mit Genehmigung von Mary Jane West-Delgado. © 1996 Mary Jane West-Delgado.

Veränderungen im Leben. Nachgedruckt mit Genehmigung von Sheila K. Reyman. © 1996 Sheila K. Reyman.

Eine unvergessene High-School-Liebe und *Mrs. Virginia DeView, wo sind Sie?* Nachgedruckt mit Genehmigung von Diana L. Chapman. © 1996 Diana L. Chapman.

Eine einfache Weihnachtskarte. Nachgedruckt mit Genehmigung von Theresa Peterson. © 1996 Theresa Peterson.

Du kannst ruhig weinen. Nachgedruckt mit Genehmigung von Daphna Renan. © 1996 Daphna Renan.

Die Zeit der Pappkartons. Nachgedruckt mit Genehmigung von Eva Burke. © 1996 Eva Burke.

Sie gab mich niemals auf. Nachgedruckt mit Genehmigung von Sharon Whitley. © 1994 Sharon Whitley. Aus dem *Woman's World Magazine.*

Bedingungslose Mutterliebe. Nachgedruckt mit Genehmigung von Sarah J. Vogt. © 1996 Sarah J. Vogt.

Der Tag der Geburt. Nachgedruckt mit Genehmigung von Terri Vandermark. © 1996 Terri Vandermark.

Der Home Run. Nachgedruckt mit Genehmigung von Lisa Gumenick. © 1996 Lisa Gumenick.

Die Stimme eines Bruders. Nachgedruckt mit Genehmigung von James Malinchak. © 1996 James Malinchak.

Baseballlektionen. Nachgedruckt mit Genehmigung von Chick Moorman. © 1996 Chick Moorman.

Ich liebe dich, Dad. Nachgedruckt mit Genehmigung von Nick Curry III. © 1996 Nick Curry III.

Ich bin zu Hause. Nachgedruckt mit Genehmigung von Jennie Garth. © 1996 Jennie Garth.

Tigress. Nachgedruckt mit Genehmigung von Judith S. Johnessee. © 1996 Judith S. Johnessee.

Ein strahlend helles Herz. Nachgedruckt mit Genehmigung von Jennifer Love Hewitt. © 1996 Jennifer Love Hewitt.

Das Geheimnis des Glücks und *Vom Krüppel zum Weltklasseläufer.* Nachgedruckt mit Genehmigung von Glenn Van Ekeren. © 1996 Glenn Van Ekeren.

Ein Lächeln. Nachgedruckt mit Genehmigung von Barbara Hauck. © 1996 Barbara Hauck.

Mrs. Link. Nachgedruckt mit Genehmigung von Susan Daniels Adams. © 1996 Susan Daniels Adams.

Ein Geschenk für zwei. Nachgedruckt mit Genehmigung von Andrea Hensley. © 1996 Andrea Hensley.

Worum es im Leben geht. Nachgedruckt mit Genehmigung von Katie Leicht. © 1996 Katie Leicht.

Erzählen Sie es für mich der ganzen Welt. Nachgedruckt mit Genehmigung von John Powell. © 1996 John Powell.

Lass dich zuerst auf andere ein. Nachgedruckt mit Genehmigung von Kent Nerburn. © 1995 Kent Nerburn.

In jedem Frühling blüht der Flieder. Nachgedruckt mit Genehmigung von *blue jean magazine.* © 1996 blue jean magazine.

Der Kosmetikpinsel. Von Lee Ezell, nachgedruckt in: *You and Self-Esteem: A Book for Young People.* © Bettie B. Youngs, Rolling Hills Estate: Jalmar Press.

Ein langer Weg zu Fuß nach Hause. Nachgedruckt mit Genehmigung von Jason Bocarro. © 1996 Jason Bocarro.

Die Kosten der Dankbarkeit. Nachgedruckt mit Genehmigung von Randal Jones. © 1996 Randal Jones.

Ich bin… Nachgedruckt mit Genehmigung von Amy Yerkes. © 1996 Amy Yerkes.

Sparky. Zitiert in *Bits & Pieces,* veröffentlicht durch The Economics Press Inc., Fairfield, New Jersey.

Nur ein Drink. Nachgedruckt mit Genehmigung von Chris Laddish. © 1996 Chris Laddish.

Ich bin doch erst 17. Nachgedruckt mit Genehmigung von John Berrio. © 1967 John Berrio.

Goldmedaillengewinner. Nachgedruckt mit Genehmigung von Rick Metzger. © 1996 Rick Metzger.

Desiderata. Nachgedruckt mit Genehmigung von Robert L. Bell. © 1927 Max Ehrman.

Sei vernünftig… bleib auf der Schule! Nachgedruckt mit Genehmigung von Jason Summey. © 1996 Jason Summey.

Ein mutiger Auftritt. Nachgedruckt von Fleming H. Revell. Entnommen aus *Goalposts: Devotions for Girls* von Bill Sanders. © 1995 Bill Sanders.

Lass dein Licht leuchten. Nachgedruckt mit Genehmigung von Eric Allenbaugh. © 1995 Eric Allenbaugh. Entnommen aus *Wake-Up Calls: You Don't Have to Sleepwalk Through Your Life, Lofe or Career.*

Das reifste Verhalten, das ich jemals gesehen habe. Nachgedruckt mit Genehmigung von Chris Blake. © 1997 Chris Blake.

Gebrochener Flügel. Nachgedruckt mit Genehmigung von Jim Hullihan. © 1996 Jim Hullihan.

Ich komme zurück. Nachgedruckt mit Genehmigung von Jack Cavanaugh. © 1992 Jack Cavanaugh. Nachgedruckt auch mit der Genehmigung von *Reader's Digest* (Februar 1992).

Einfach nur ich selbst. Nachgedruckt mit Genehmigung von Tom Krause. © 1996 Tom Krause.

Die Totengräber der Parkview Junior High-School. Nachgedruckt mit Genehmigung von Kif Anderson. © 1996 Kif Anderson.

Der Junge, der mit den Delfinen redete. Nachgedruckt mit Genehmigung von Paula McDonald und Reader's Digest (April 1996).

An meinem Traum festhalten. Nachgedruckt mit Genehmigung von Ashley Hodgeson. © 1996 Ashley Hodgeson.

Heute keine Haare. Nachgedruckt mit Genehmigung von Jennifer Rosenfeld und Alison Lambert. © 1995 Jennifer Rosenfeld und Alison Lambert.

Ich habs geschafft! Nachgedruckt mit Genehmigung von Mark E. Smith. © 1995. Entnommen aus Growing Up with Cerebral Palsy von Mark E. Smith.

Wachsen. Nachgedruckt mit Genehmigung von Brooke Mueller. © 1996 Brooke Mueller.

Neue Anfänge. Nachgedruckt mit Genehmigung von Paula (Bachleda) Koskey. © 1996 Paula (Bachleda) Koskey.